biblioteca borges

coordenação editorial
davi arrigucci jr.
heloisa jahn
jorge schwartz
maria emília bender

ficções (1944)
jorge luis borges

tradução davi arrigucci jr.

21ª reimpressão

Companhia Das Letras

Copyright © 1996, 2005 by María Kodama
Todos os direitos reservados

grafia atualizada segundo o acordo ortográfico da língua portuguesa
de 1990, que entrou em vigor no brasil em 2009.

título original
ficciones (1944)

capa e projeto gráfico
warrakloureiro

foto página 1
ferdinando scianna
magnum photos

preparação
márcia copola

revisão
isabel jorge cury
cecília ramos

atualização ortográfica
adriana bairrada

Dados Internacionais de Catalogação na Publicação (CIP)
(Câmara Brasileira do Livro, SP, Brasil)

Borges, Jorge Luis, 1899-1986.
Ficções (1944) / Jorge Luis Borges; tradução Davi Arrigucci
Jr. — São Paulo: Companhia das Letras, 2007.

Título original: Ficciones (1944).
ISBN 978-85-359-1123-7

1. Contos argentinos I. Título

07-8233   CDD-ar863

Índice para catálogo sistemático:
1. Contos: Literatura argentina ar863

todos os direitos desta edição reservados à
EDITORA SCHWARCZ S.A.
rua Bandeira Paulista, 702, cj. 32
04532-002 — São Paulo — SP
telefone: (11) 3707-3500
www.companhiadasletras.com.br
www.blogdacompanhia.com.br
facebook.com/companhiadasletras
instagram.com/companhiadasletras
twitter.com/cialetras

o jardim de veredas que se bifurcam (1941)

prólogo 11

tlön, uqbar, orbis tertius 13
pierre menard, autor do *quixote* 34
as ruínas circulares 46
a loteria na babilônia 53
exame da obra de herbert quain 62
a biblioteca de babel 69
o jardim de veredas que se bifurcam 80

artifícios (1944)

prólogo 97

funes, o memorioso 99
a forma da espada 109
tema do traidor e do herói 116
a morte e a bússola 121
o milagre secreto 136
três versões de judas 145
o fim 152
a seita da fênix 156
o sul 160

para esther zemborain de torres

o jardim de veredas que se bifurcam (1941)

prólogo

As sete peças deste livro não exigem maior elucidação. A sétima — "O jardim de veredas que se bifurcam" — é policial; os leitores vão assistir à execução e a todas as preliminares de um crime, cujo propósito não ignoram mas que não compreenderão, parece-me, até o último parágrafo. As outras são fantásticas; uma — "A loteria na Babilônia" — não é completamente destituída de simbolismo. Não sou o primeiro autor da narrativa "A biblioteca de Babel"; os curiosos de sua história e pré-história podem consultar certa página do número 59 de *Sur*, que registra os nomes heterogêneos de Leucipo e Lasswitz, de Lewis Carroll e Aristóteles. Em "As ruínas circulares" tudo é irreal; em "Pierre Menard, autor do *Quixote*" irreal é o destino que o protagonista se impõe. A relação de escritos que lhe atribuo pode não ser muito divertida, mas não é arbitrária; traça um diagrama de sua história mental...

Desvario trabalhoso e empobrecedor o de compor vastos livros; o de espraiar em quinhentas páginas uma ideia cuja perfeita exposição oral cabe em poucos minutos. Melhor procedimento é simular que esses livros já existem e propor um resumo, um comentário. Assim procedeu

Carlyle em *Sartor Resartus*; assim Butler em *The Fair Haven*; obras que têm a imperfeição de serem livros também, não menos tautológicos que os outros. Mais razoável, mais inepto, mais preguiçoso, eu preferi escrever notas sobre livros imaginários. Estas são "Tlön, Uqbar, Orbis Tertius" e o "Exame da obra de Herbert Quain".

J.L.B.

tlön, uqbar, orbis tertius

I

Devo à conjunção de um espelho com uma enciclopédia a descoberta de Uqbar. O espelho inquietava o fundo de um corredor de uma chácara da rua Gaona, em Ramos Mejía; a enciclopédia se chama, de forma falaz, *The Anglo-American Cyclopaedia* (Nova York, 1917) e é uma reimpressão literal, mas também tardia, da *Encyclopaedia Britannica* de 1902. O fato se deu há uns cinco anos. Bioy Casares tinha jantado comigo naquela noite e nos reteve uma vasta polêmica sobre a elaboração de um romance em primeira pessoa, cujo narrador omitisse ou desfigurasse os fatos, incorrendo em diversas contradições, capazes de permitir a uns poucos leitores — a muito poucos leitores — adivinhar uma realidade atroz ou banal. Do fundo remoto do corredor, o espelho nos espreitava. Descobrimos (noite alta essa descoberta se torna inevitável) que os espelhos têm algo de monstruoso. Bioy Casares lembrou então que um dos heresiarcas de Uqbar declarara que os espelhos e a cópula são abomináveis porque multiplicam o número dos homens. Perguntei-lhe a origem dessa memorável sentença e ele me respondeu que *The Anglo-American Cyclopaedia* a registrava em seu artigo sobre Uqbar. A casa da chácara (que havíamos alugado mobiliada) possuía um exemplar dessa obra. Nas últimas páginas do volume XLVI demos com um artigo sobre Upsala; nas primeiras do XLVII, com um sobre *Ural-Altaic Languages*, mas nem uma palavra sobre Uqbar. Bioy, um pouco inquieto, vasculhou os tomos do índice. Esgotou em vão todas as lições imagináveis: Ukbar, Ucbar, Ookbar, Oukbahr... Antes de sair, disse-me que era uma região do Iraque ou da Ásia Menor. Confesso que assenti com algum incômodo. Conjecturei que aquele país não documentado e o heresiarca anônimo eram uma ficção improvisada pela modéstia de Bioy para justificar uma frase. O exame estéril de um dos atlas de Justus Perthes fortaleceu minha dúvida.

No dia seguinte, Bioy me ligou de Buenos Aires. Disse-me que tinha à vista o artigo sobre Uqbar, no volume XXVI da Enciclopédia. Não constava o nome do heresiarca, mas, sim, a referência a sua doutrina, formulada em palavras quase idênticas às que repetira, embora — talvez — literariamente inferiores. Ele recordara: *"Copulation and mirrors are abominable"*. O texto da Enciclopédia dizia: "Para um desses gnósticos, o universo visível era uma ilusão ou (mais precisamente) um sofisma. Os espelhos e a paternidade são abomináveis (*mirrors and fatherhood are hateful*) porque o multiplicam e divulgam". Disse-lhe, sem faltar com a verdade, que gostaria de ver esse artigo. Dias depois ele o trouxe. O que me surpreendeu, pois os escrupulosos índices cartográficos da *Erdkunde* de Ritter ignoravam por completo o nome de Uqbar.

O volume que Bioy trouxe era, com efeito, o XLVI da *Anglo-American Cyclopaedia*. No falso frontispício e na lombada, a indicação alfabética (Tor-Ups) era a do nosso exemplar, mas em vez de novecentas e dezessete páginas constava de novecentas e vinte e uma. Essas quatro páginas adicionais compreendiam o artigo sobre Uqbar; não previsto (como terá notado o leitor) pela indicação alfabética. Comprovamos depois que não há nenhuma outra diferença entre os volumes. Ambos (segundo creio ter indicado) são reimpressões da décima *Encyclopaedia Britannica*. Bioy tinha adquirido o exemplar dele num de muitos leilões.

Lemos com algum cuidado o artigo. A passagem lembrada por Bioy era talvez a única surpreendente. O resto parecia muito verossímil, muito adequado ao tom geral da obra e (como é natural) um pouco enfadonho. Relendo-o, descobrimos sob o rigor da escrita uma vagueza fundamental. Dos catorze nomes que figuravam na parte geográfica, só reconhecemos três — Jorasã, Armênia, Erzerum —, interpolados no texto de um modo ambíguo. Dos nomes históricos, somente um: o do impostor Esmerdis, o mago, invocado mais como metáfora. A nota parecia precisar as fronteiras de Uqbar, mas seus nebulosos pontos de referência eram rios e crateras e cadeias da própria região. Lemos, *verbi gratia*, que as terras baixas de Tsai Jaldun e do delta do Axa definem a fronteira do sul e que nas ilhas desse delta grassam cavalos selvagens. Isso, no princípio da página 918. Na seção histórica (página 920) soubemos que, logo após as perseguições religiosas do século XIII, os ortodoxos buscaram refúgio nas ilhas, onde ainda perduram seus obeliscos e não é raro exumarem seus espelhos de pedra. A seção "Idioma e literatura" era breve. Apenas um traço memorável: anotava que a literatura de Uqbar era de caráter fantástico e que suas epopeias e lendas jamais se referiam à realidade, mas tão-só às regiões imaginárias de Mlejnas e Tlön... A bibliografia enumerava quatro volumes que não conseguimos encontrar até agora, embora o terceiro — Silas Haslam: *History of the Land Called Uqbar*, 1874 — figure nos catálogos da livraria de Bernard Quaritch.[*][1] O primeiro, *Lesbare und lesenswerthe Bemerkungen über das Land Ukkbar in Klein-Asien*, data de 1641 e é obra de Johannes Valentinus Andreä. O fato é significativo; um par de anos depois, topei com esse nome nas inesperadas páginas de De Quincey (*Writings*, volume XIII), onde se refere a um teólogo alemão que, em princípios do século XVII, descreveu a imaginária comunidade da Rosa-Cruz — que outros fundaram mais tarde, à semelhança da que ele preconcebera.

Aquela noite visitamos a Biblioteca Nacional. Em vão esgotamos atlas, catálogos, anuários de sociedades geográficas, memórias de viajantes e de historiadores: nunca ninguém estivera em Uqbar. O índice geral da enciclopédia de Bioy também não registrava esse nome. No dia seguinte, Carlos Mastronardi (a quem eu tinha relatado o assunto) avistou numa livraria de Corrientes e Talcahuano as lombadas pretas e douradas da *Anglo-American Cyclopaedia*... Entrou e consultou o volume XLVI. Evidentemente, não deu com o menor indício de Uqbar.

II

Alguma lembrança limitada e evanescente de Herbert Ashe, engenheiro das ferrovias do Sul, deve persistir no hotel de

---

* As notas numeradas são sempre do autor, e as notas introduzidas por asteriscos, do tradutor.

1 Haslam publicou também *A General History of Labyrinths*.

Adrogué, em meio às efusivas madressilvas e no fundo ilusório dos espelhos. Em vida padeceu de irrealidade, como tantos ingleses; morto, não é nem sequer o fantasma que já era então. Era alto e desanimado e sua cansada barba retangular havia sido vermelha. Imagino que era viúvo, sem filhos. A cada tantos anos ia à Inglaterra: para visitar (julgo por umas fotografias que nos mostrou) um relógio de sol e alguns carvalhos. Meu pai estreitara com ele (o verbo é excessivo) uma daquelas amizades inglesas que começam por excluir a confidência e logo depois omitem o diálogo. Costumavam praticar um intercâmbio de livros e jornais; costumavam bater-se no xadrez, taciturnamente... Lembro-me dele no corredor do hotel, com um livro de matemática na mão, olhando às vezes as cores irrecuperáveis do céu. Uma tarde, falamos do sistema duodecimal de numeração (no qual o doze se escreve 10). Ashe disse que estava precisamente trasladando não sei que tábuas duodecimais para sexagesimais (nas quais sessenta se escreve 10). Acrescentou que esse trabalho lhe fora encomendado por um norueguês: no Rio Grande do Sul. Oito anos que o conhecíamos e nunca tinha mencionado sua estada naquela região... Falamos de vida pastoril, de *capangas*,* da etimologia brasileira da palavra *gaucho* (que alguns velhos uruguaios ainda pronunciam *gaúcho*) e nada mais se disse — Deus me perdoe — de funções duodecimais. Em setembro de 1937 (não estávamos no hotel) Herbert Ashe morreu da ruptura de um aneurisma. Dias antes, recebera do Brasil um pacote selado e registrado. Era um livro *in-octavo* maior. Ashe deixou-o no bar onde — meses de-

---

* Em português no original.

pois — o encontrei. Comecei a folheá-lo e senti uma ligeira vertigem do espanto que não descreverei, porque esta não é a história de minhas emoções, mas a de Uqbar e Tlön e Orbis Tertius. Numa noite do islã que se chama a Noite das Noites se abrem de par em par as portas secretas do céu e se torna mais doce a água nos cântaros; se essas portas se abrissem, não sentiria o que naquela tarde senti. O livro era redigido em inglês e continha mil e uma páginas. No couro amarelo da lombada li estas curiosas palavras que o falso frontispício repetia: *A First Encyclopaedia of Tlön. Vol. XI. Hlaer to Jangr.* Não havia indicação de data nem de lugar. Na primeira página e numa folha de papel de seda que cobria uma das lâminas coloridas estava estampado um óvalo azul com a inscrição: *Orbis Tertius.* Fazia dois anos que eu descobrira num tomo de certa enciclopédia pirata uma descrição sumária de um falso país; agora o acaso me deparava algo mais precioso e mais árduo. Agora tinha nas mãos um vasto fragmento metódico da história total de um planeta desconhecido, com suas arquiteturas e querelas, com o pavor de suas mitologias e o rumor de suas línguas, com seus imperadores e mares, com seus minerais e pássaros e peixes, com sua álgebra e seu fogo, com sua controvérsia teológica e metafísica. Tudo isso articulado, coerente, sem visível propósito doutrinário ou tom paródico.

No Décimo Primeiro Tomo de que falo há alusões a tomos posteriores e precedentes. Néstor Ibarra, num artigo já clássico da *N. R. F.*, negou que existam tais acólitos; Ezequiel Martínez Estrada e Drieu La Rochelle refutaram, talvez vitoriosamente, essa dúvida. O fato é que até agora as pesquisas mais diligentes foram estéreis. Em vão desarrumamos as bibliotecas das duas Américas e da Europa. Alfonso

Reyes, farto dessas canseiras subalternas de caráter policial, propõe que todos nós empreendamos a obra de reconstruir os muitos e maciços tomos que faltam: *ex ungue leonem*. Calcula, entre brincalhão e sério, que uma geração de *tlönistas* pode bastar. Esse arriscado cálculo nos traz de volta ao problema fundamental: quem são os inventores de Tlön? O plural é inevitável, porque a hipótese de um único inventor — de um infinito Leibniz agindo na obscuridade e na modéstia — foi descartada unanimemente. Conjectura-se que este *brave new world* é obra de uma sociedade secreta de astrônomos, biólogos, engenheiros, metafísicos, poetas, químicos, algebristas, moralistas, pintores, geômetras... dirigidos por um obscuro homem de gênio. Sobram indivíduos que dominam essas diversas disciplinas, mas não os capazes de invenção e menos ainda os capazes de subordinar a invenção a um rigoroso plano sistemático. Esse plano é tão vasto que a contribuição de cada escritor é infinitesimal. A princípio se acreditou que Tlön era um mero caos, uma irresponsável licença da imaginação; agora se sabe que é um cosmos e as íntimas leis que o regem foram formuladas, ainda que de modo provisório. Para mim é suficiente recordar que as contradições aparentes do Décimo Primeiro Tomo são a pedra fundamental da prova de que existem os demais: tão lúcida e tão justa é a ordem que nele se observou. As revistas populares divulgaram, com perdoável excesso, a zoologia e a topografia de Tlön; eu penso que seus tigres transparentes e suas torres de sangue não merecem, talvez, a contínua atenção de *todos* os homens. Atrevo-me a pedir alguns minutos para o seu conceito do universo.

Hume notou para sempre que os argumentos de Berkeley não admitem a menor réplica e não suscitam a menor convicção. Esse juízo é totalmente verídico quando aplicado à Terra; totalmente falso em Tlön. As nações desse planeta são — congenitamente — idealistas. Sua linguagem e as derivações de sua linguagem — a religião, as letras, a metafísica — pressupõem o idealismo. O mundo para eles não é um concurso de objetos no espaço; é uma série heterogênea de atos independentes. É sucessivo, temporal, não espacial. Não há substantivos na conjectural *Ursprache* de Tlön, da qual procedem os idiomas "atuais" e os dialetos: há verbos impessoais, qualificados por sufixos (ou prefixos) monossilábicos de valor adverbial. Por exemplo: não há palavra que corresponda à palavra *lua*, mas há um verbo que seria em espanhol *lunecer* ou *lunar*.* "Surgiu a lua sobre o rio" se diz *"hlör u fang axaxaxas mlö"*, ou seja, na ordem: "para cima (*upward*) atrás duradouro-fluir lunesceu". (Xul Solar traduz com brevidade: *"upa tras perfluyue lunó"*. *"Upward, behind the onstreaming it mooned."*)

O que se disse antes se refere aos idiomas do hemisfério austral. Nos do hemisfério boreal (de cuja *Ursprache* há muito poucos dados no Décimo Primeiro Tomo) a célula primordial não é o verbo, mas o adjetivo monossilábico. O substantivo é formado pelo acúmulo de adjetivos. Não se diz "lua": diz-se "aéreo-claro sobre redondo-escuro" ou "alaranjado-tênue-do-céu" ou qualquer outra composição. No caso escolhido a massa de adjetivos corresponde a um objeto real; o fato é puramente fortuito. Na literatura deste hemisfério (como no mundo subsistente de Meinong) são numerosos os objetos ideais, con-

---

* *Lunescer* ou *luar* em português.

vocados e dissolvidos num só momento, segundo as necessidades poéticas. São determinados, às vezes, pela mera simultaneidade. Há objetos compostos de dois termos, um de caráter visual e outro auditivo: a cor do nascente e o remoto grito de um pássaro. Existem aqueles compostos de muitos: o sol e a água contra o peito do nadador, o vago rosa trêmulo que se vê com os olhos fechados, a sensação de quem se deixa levar por um rio e ainda pelo sonho. Esses objetos de segundo grau podem se combinar com outros; o processo, mediante certas abreviaturas, é praticamente infinito. Há poemas famosos compostos de uma única palavra enorme. Esta palavra integra um *objeto poético* criado pelo autor. O fato de ninguém crer na realidade dos substantivos faz com que, paradoxalmente, seja infinito o seu número. Os idiomas do hemisfério boreal de Tlön possuem todos os nomes das línguas indo-europeias — e muitos outros mais.

Não é exagero afirmar que a cultura clássica de Tlön compreende uma única disciplina: a psicologia. As demais são subordinadas a ela. Eu disse que os homens desse planeta concebem o universo como uma série de processos mentais que não se desenvolvem no espaço, mas de modo sucessivo no tempo. Espinosa atribui à sua inesgotável divindade as propriedades da extensão e do pensamento; ninguém compreenderia em Tlön a justaposição da primeira (que só é típica de certos estados) à segunda — que é sinônimo perfeito do cosmos. Melhor dizendo: não concebem que o espaço perdure no tempo. A percepção de uma fumaça no horizonte, em seguida do campo incendiado, em seguida do cigarro mal apagado que produziu a queimada, é considerada um exemplo de associação de ideias.

Este monismo ou idealismo total invalida a ciência. Explicar (ou julgar) um fato é uni-lo a outro; essa vinculação, em Tlön, é um estado posterior do sujeito, que não pode afetar ou iluminar o estado anterior. Todo estado mental é irredutível: o mero fato de nomeá-lo — *id est*, de classificá-lo — implica um falseamento. Disso caberia deduzir que não há ciências em Tlön — nem sequer raciocínios. A verdade paradoxal é que elas existem em número quase incontável. Com as filosofias acontece o que acontece com os substantivos no hemisfério boreal. O fato de que toda filosofia seja de antemão um jogo dialético, uma *Philosophie des Als Ob*, contribuiu para multiplicá-las. São numerosos os sistemas incríveis, mas de arquitetura agradável ou de caráter sensacional. Os metafísicos de Tlön não buscam a verdade nem sequer a verossimilhança: buscam o assombro. Julgam que a metafísica é um ramo da literatura fantástica. Sabem que um sistema não é outra coisa além da subordinação de todos os aspectos do universo a qualquer um deles. Até a frase "todos os aspectos" é recusável, porque supõe a impossível adição do instante presente e dos pretéritos. Tampouco é lícito o plural "os pretéritos", porque supõe outra operação impossível... Uma das escolas de Tlön chega a negar o tempo: argumenta que o presente é indefinido, que o futuro não tem realidade senão como esperança presente, que o passado não tem realidade senão como recordação presente.[2] Outra escola declara que *todo o tempo* já transcorreu e que nossa vida é apenas a recorda-

2 Russell (*The Analysis of Mind*, 1921, página 159) supõe que o planeta tenha sido criado há poucos minutos, provido de uma humanidade que "recorda" um passado ilusório.

ção, ou o reflexo crepuscular, sem dúvida falseado e mutilado, de um processo irrecuperável. Outra, que a história do universo — e nela nossas vidas e o mais tênue detalhe de nossas vidas — é a escrita que um deus subalterno produz para se entender com um demônio. Outra, que o universo é comparável a essas criptografias em que não valem todos os símbolos e que só é verdade o que acontece a cada trezentas noites. Outra, que, enquanto dormimos aqui, estamos despertos noutra parte e assim cada homem é dois homens.

Entre as doutrinas de Tlön, nenhuma mereceu tanto escândalo quanto o materialismo. Alguns pensadores o formularam, com menos clareza que fervor, como quem adianta um paradoxo. Para facilitar o entendimento dessa tese inconcebível, um heresiarca do século XI[3] ideou o sofisma das nove moedas de cobre, cujo renome escandaloso equivale em Tlön ao das aporias eleáticas. Dessa "argumentação especiosa" há muitas versões que variam o número de moedas e o número de achados; eis aqui a mais comum:

"Na terça-feira, X atravessa um caminho deserto e perde nove moedas de cobre. Na quinta, Y encontra no caminho quatro moedas, um tanto enferrujadas pela chuva da quarta-feira. Na sexta, Z descobre três moedas no caminho. Na sexta de manhã, X encontra duas moedas no corredor de sua casa. [O heresiarca queria deduzir dessa história a realidade — *id est*, a continuidade — das nove moedas recuperadas.] É ab-

3 Século, de acordo com o sistema duodecimal, significa um período de cento e quarenta e quatro anos.

surdo [afirmava] imaginar que quatro das moedas não tenham existido entre a terça e a quinta, três entre a terça e a tarde da sexta, duas entre a terça e a madrugada da sexta. É lógico pensar que existiram — pelo menos de algum modo secreto, de compreensão vedada aos homens — em todos os momentos desses três prazos."

A linguagem de Tlön resistia à formulação desse paradoxo; a maioria não o entendeu. Os defensores do senso comum limitaram-se, a princípio, a negar a veracidade da historieta. Repetiram que era uma falácia verbal, baseada no emprego temerário de dois neologismos, não autorizados pelo uso e alheios a todo pensamento rigoroso: os verbos *encontrar* e *perder*, que comportam uma petição de princípio, porque pressupõem a identidade das nove primeiras moedas e das últimas. Lembraram que todo substantivo (homem, moeda, quinta-feira, quarta-feira, chuva) só tem valor metafórico. Denunciaram a pérfida circunstância "um tanto enferrujadas pela chuva da quarta-feira", que pressupõe o que se trata de demonstrar: a persistência das quatro moedas, entre a quinta e a terça-feira. Explicaram que uma coisa é *igualdade* e outra *identidade* e formularam uma espécie de *reductio ad absurdum*, ou seja, o caso hipotético de nove homens que em nove sucessivas noites padecem de uma viva dor. Não seria ridículo — indagaram — pretender que essa dor fosse a mesma?[4] Disseram que o heresiar-

4 Hoje em dia, uma das igrejas de Tlön sustenta platonicamente que tal dor, que tal matiz esverdeado do amarelo, que tal temperatura, que tal som, são a única realidade. Todos os homens, no vertiginoso instante do coito, são o mesmo homem. Todos os homens que repetem uma linha de Shakespeare são William Shakespeare.

ca não era movido senão pelo propósito blasfematório de atribuir a divina categoria de *ser* a simples moedas e que às vezes negava a pluralidade e outras não. Argumentaram: se a igualdade implica a identidade, seria preciso admitir igualmente que as nove moedas são uma única.

Incrivelmente, essas refutações acabaram não sendo definitivas. Aos cem anos da enunciação do problema, um pensador não menos brilhante que o heresiarca, mas de tradição ortodoxa, formulou uma hipótese muito ousada. Essa conjectura feliz afirma que há um só sujeito, que esse sujeito indivisível é cada um dos seres do universo e que estes são órgãos e máscaras da divindade. X é Y e é Z. Z descobre três moedas porque recorda que X as perdeu; X encontra duas no corredor porque recorda que foram recuperadas as outras... O Décimo Primeiro Tomo dá a entender que três razões capitais determinaram a vitória total desse panteísmo idealista. A primeira, o repúdio do solipsismo; a segunda, a possibilidade de conservar a base psicológica das ciências; a terceira, a possibilidade de conservar o culto dos deuses. Schopenhauer (o apaixonado e lúcido Schopenhauer) formula uma doutrina muito parecida no primeiro volume de *Parerga und Paralipomena*.

A geometria de Tlön compreende duas disciplinas um tanto diferentes: a visual e a tátil. A última corresponde à nossa e é subordinada à primeira. A base da geometria visual é a superfície, não o ponto. Esta geometria desconhece as paralelas e declara que o homem que se desloca modifica as formas que o circundam. A base de sua aritmética é a noção de números indefinidos. Acentuam a importância dos conceitos de maior e menor, que nossos matemáticos simbolizam por > e <. Afirmam que a operação de contar modifica as quantidades e as converte de indefinidas em definidas. O fato de vários indivíduos que contam uma mesma quantidade obterem um resultado igual é, para os psicólogos, um exemplo de associação de ideias ou de bom exercício da memória. Já sabemos que em Tlön o sujeito do conhecimento é uno e eterno.

Nos hábitos literários também é todo-poderosa a ideia de um sujeito único. É raro que os livros sejam assinados. Não existe o conceito de plágio: ficou estabelecido que todas as obras são obra de um só autor, que é intemporal e anônimo. A crítica tem o costume de inventar autores: escolhe duas obras discrepantes — o *Tao te king* e *As mil e uma noites*, digamos — e as atribui a um mesmo autor, determinando, em seguida, com probidade a psicologia desse interessante *homme de lettres*...

Também são diferentes os livros. Os de ficção abrangem um único argumento, com todas as permutações imagináveis. Os de natureza filosófica contêm, invariavelmente, a tese e a antítese, o rigoroso pró e o contra de uma doutrina. Um livro que não inclua seu contralivro é considerado incompleto.

Séculos e séculos de idealismo não deixaram de influir na realidade. Não é incomum, nas regiões mais antigas de Tlön, a duplicação de objetos perdidos. Duas pessoas procuram um lápis: a primeira o encontra e não diz nada; a segunda encontra um segundo lápis não menos real, porém mais apropriado à sua expectativa. Esses objetos secundários chamam-se *hrönir* e são, ainda que desprovidos de graça, um pouco mais longos. Até há pouco os *hrönir* foram filhos casuais da distração e do esquecimento. Parece mentira que sua metódica produção tenha apenas cem anos, mas assim vem declarado no Décimo Primeiro Tomo. As primeiras tentativas foram estéreis. O *modus operandi*, entretanto, é digno de memória. O diretor de um dos presídios do Estado comunicou aos presos que no antigo leito de um rio havia certos sepulcros e prometeu a liberdade a quem trouxesse um achado importante. Durante os meses que precederam a escavação mostraram a eles lâminas fotográficas do que iam encontrar. Essa primeira tentativa provou que a esperança e a avidez podem inibir; uma semana de trabalho com a pá e a picareta não conseguiu exumar outro *hrön* a não ser uma roda enferrujada, de data posterior ao experimento. Este foi mantido secreto e depois repetido em quatro colégios. Em três foi quase completo o fracasso; no quarto (cujo diretor morreu casualmente durante as primeiras escavações) os discípulos exumaram — ou produziram — uma máscara de ouro, uma espada arcaica, duas ou três ânforas de barro e o esverdeado e mutilado torso de um rei com uma inscrição no peito que ainda não pôde ser decifrada. Assim se descobriu a improcedência de testemunhas que pudessem conhecer a natureza experimental da busca... As investigações em massa produzem objetos contraditórios; agora se prefere o trabalho individual e quase improvisado. A metódica elaboração de *hrönir* (reza o Décimo Primeiro Tomo) prestou serviços prodigiosos aos arqueólogos. Permitiu indagar e até modificar o passado, que agora não é menos plástico e menos dócil que o futuro. Fato curioso: os *hrönir* de segundo e terceiro grau — os *hrönir* derivados de outro *hrön*, os *hrönir* derivados do *hrön* de um *hrön* — exageram as aberrações do inicial; os de quinto são quase uniformes; os de nono se confundem com os de segundo; nos de décimo primeiro há uma pureza de linhas que os originais não têm. O processo é periódico: o *hrön* de décimo segundo grau já começa a decair. Mais estranho e mais puro que todo *hrön* é às vezes o *ur*: a coisa produzida por sugestão, o objeto eduzido pela esperança. A grande máscara de ouro que mencionei é um ilustre exemplo.

As coisas se duplicam em Tlön; propendem igualmente a se apagar e a perder os detalhes quando as pessoas as esquecem. É clássico o exemplo de um umbral que perdurou enquanto um mendigo o visitava e que se perdeu de vista com sua morte. Por vezes uns pássaros, um cavalo, têm salvado as ruínas de um anfiteatro.

Salto Oriental, 1940

Pós-escrito de 1947. Reproduzo o artigo anterior tal como apareceu na *Antologia da literatura fantástica*, 1940, sem outro corte a não ser algumas metáforas e uma espécie de resumo zombeteiro que agora se tornou frívolo. Aconteceram tantas coisas desde essa data... Vou me limitar a recordá-las.

Em março de 1941 foi descoberta uma carta manuscrita de Gunnar Erfjord num livro de Hinton que havia sido de Herbert Ashe. O envelope tinha o selo postal de Ouro Preto; a carta elucidava inteiramente o mistério de Tlön. Seu texto corrobora as hipóteses de Martínez Estrada. Em princípios do século XVII, numa noite de Lucerna ou de Londres, começou a esplêndida história. Uma sociedade secreta e benévola (que entre seus filiados contou com Dalgarno e depois com George Berkeley) surgiu para inventar um país. No vago programa inicial figuravam os "estudos herméticos", a filantropia e a cabala. Dessa primeira época data o curioso livro de Andreä. No fim de alguns anos de conciliábulos e de sínteses prematuras compreenderam que uma geração não bastava para articular um país. Resolveram que cada um dos mestres que a integravam escolhesse um discípulo para a continuação da obra. Essa disposição hereditária prevaleceu; depois de um hiato de dois séculos a perseguida fraternidade ressurge na América. Por volta de 1824, em Memphis (Tennessee) um dos afiliados conversa com o ascético milionário Ezra Buckley. Este o deixa falar com algum desdém — e ri da modéstia do projeto. Diz a ele que na América inventar um país é absurdo e lhe propõe a invenção de um planeta. A essa gigantesca ideia acrescenta outra, filha de seu niilismo:[5] a de guardar no silêncio a empresa enorme. Circulavam então os vinte tomos da *Encyclopaedia Britannica*; Buckley sugere uma enciclopédia metódica do planeta ilusório. Ele lhes deixaria suas cordilheiras auríferas, seus rios navegáveis, suas pradarias pisadas pelo touro e pelo bisão, seus negros, seus prostíbulos e dólares, sob uma condição: "A obra não pactuará com o impostor Jesus Cristo". Buckley descrê de Deus, mas quer demonstrar ao Deus inexistente que os homens mortais são capazes de conceber um mundo. Buckley é envenenado em Baton Rouge em 1828; em 1914 a sociedade remete a seus colaboradores, que são trezentos, o volume final da Primeira Enciclopé-

5 Buckley era livre-pensador, fatalista e defensor da escravidão.

dia de Tlön. A edição é secreta: os quarenta volumes que compreende (a obra mais vasta que os homens empreenderam) seriam a base de outra mais minuciosa, redigida não já em inglês, mas em alguma das línguas de Tlön. Essa revisão de um mundo ilusório é provisoriamente chamada de *Orbis Tertius* e um de seus modestos demiurgos foi Herbert Ashe, não sei se como agente de Gunnar Erfjord ou como afiliado. O fato de ter ele recebido um exemplar do Décimo Primeiro Tomo parece favorecer a segunda hipótese. Mas e os outros? Por volta de 1942 os fatos recrudesceram. Recordo com singular nitidez um dos primeiros e me parece que alguma coisa senti de seu caráter premonitório. Aconteceu num apartamento da rua Laprida, defronte a um claro e alto balcão que dava para o poente. A princesa de Faucigny-Lucinge recebera de Poitiers sua baixela de prata. Do vasto fundo de um caixote rubricado de selos internacionais iam saindo finas coisas imóveis: prataria de Utrecht e Paris com dura fauna heráldica, um samovar. No meio delas — com um perceptível e tênue tremor de ave adormecida — palpitava misteriosamente uma bússola. A princesa não a reconheceu. A agulha azul ansiava pelo norte magnético; a caixa de metal era côncava; as letras do quadrante correspondiam a um dos alfabetos de Tlön. Assim foi a primeira intrusão do mundo fantástico no mundo real. Um acaso que me inquieta fez com que eu também fosse testemunha da segunda. Ocorreu alguns meses depois, na venda de um brasileiro na Cuchilla Negra. Amorim e eu regressávamos de Sant'Anna. Uma enchente do rio Tacuarembó obrigou-nos a provar (e a suportar) essa rudimentar hospitalidade. O vendeiro acomodou-nos em catres rangentes num cômodo grande, entulhado de barris e couros. Deitamo-nos, mas não nos deixou dormir até o amanhecer a bebedeira de um freguês invisível, que alternava xingos inextricáveis com rajadas de milongas — ou mais propriamente rajadas de uma única milonga. Como é de supor, atribuímos à fogosa cachaça do patrão essa gritaria insistente... De madrugada, o homem estava morto no corredor. A aspereza da voz tinha nos enganado: era um rapaz jovem. Durante o delírio caíram do cinturão dele algumas moedas e um cone de metal reluzente, do diâmetro de um dado. Em vão um garoto tentou recolher esse cone. Um homem mal conseguiu levantá-lo. Eu o tive na palma da mão alguns minutos: recordo que o peso era intolerável e que, depois de retirado o cone, a opressão perdurou. Também recordo o círculo preciso que me ficou gravado na carne. Essa evidência de um objeto tão pequeno e a uma só vez pesadíssimo deixava uma impressão desagradável de asco e medo. Um interiorano propôs que fosse atirado na correnteza do rio. Amorim adquiriu-o mediante alguns pesos. Ninguém sabia nada do morto, salvo "que vinha da fronteira". Esses cones pequenos e muito pesados (feitos de um metal que não é deste mundo) são imagem da divindade, em certas religiões de Tlön.

Aqui dou fim à parte pessoal de minha narração. O restante está na memória (quando não na esperança e no temor) de todos os meus leitores. É para mim suficiente recordar ou mencionar os fatos subsequentes, com a simples brevidade de palavras que a concavidade geral das recordações enriquecerá e ampliará. Por volta de 1944 um investigador do jornal *The American* (de Nashville, Tennessee) exumou numa biblioteca de Memphis os quarenta volumes da Primeira Enciclopédia de Tlön. Até o dia de hoje se discute se essa descoberta foi casual ou se foi consentida pelos diretores do ainda nebuloso *Orbis Tertius*. É verossímil a segunda hipótese. Alguns traços incríveis do Décimo Primeiro Tomo (*verbi gratia*, a multiplicação dos *hrönir*) foram eliminados ou atenuados no exemplar de Memphis; é razoável imaginar que essas correções obedecem ao plano de exibir um mundo que não seja por demais incompatível com o mundo real. A disseminação de objetos de Tlön em diversos países complementaria esse plano...[6] O fato é que a imprensa internacional propalou infinitamente o "achado". Manuais, antologias, resumos, versões literais, reimpressões autorizadas e reimpressões piratas da Obra Maior dos Homens abarrotaram e continuam abarrotando a Terra. Quase imediatamente, a realidade cedeu em mais de um ponto. A verdade é que almejava ceder. Há dez anos bastava qualquer simetria com aparência de ordem — o materialismo dialético, o antissemitismo, o nazismo — para inflamar os homens. Como não se submeter a Tlön, à minuciosa e vasta evidência de um planeta ordenado? Inútil responder que a realidade também é ordenada. Talvez seja, mas de acordo com leis divinas — traduzo: com leis inumanas — que nunca chegamos a perceber inteiramente. Tlön pode ser um labirinto, mas é um labirinto urdido por homens, um labirinto destinado a ser decifrado pelos homens.

O contato e o hábito de Tlön desintegraram este mundo. Encantada com seu rigor, a humanidade esquece e torna a esquecer que é um rigor de enxadristas, não de anjos. Já pe-

6 Permanece, naturalmente, o problema da *matéria* de alguns objetos.

netrou nas escolas o (conjectural) "idioma primitivo" de Tlön; o ensino de sua história harmoniosa (e cheia de episódios comoventes) já obliterou a que presidiu minha infância; nas memórias um passado fictício já ocupa o lugar de outro, do qual nada sabemos com certeza — nem mesmo que é falso. Foram reformadas a numismática, a farmacologia e a arqueologia. Entendo que a biologia e a matemática aguardam também seu avatar... Uma dispersa dinastia de solitários mudou a face do mundo. Sua tarefa prossegue. Se nossas previsões não estiverem erradas, daqui a cem anos alguém descobrirá os cem tomos da Segunda Enciclopédia de Tlön.

Aí desaparecerão do planeta o inglês, o francês e o mero espanhol. O mundo será Tlön. Nada disso me importa; continuo revendo, na quietude dos dias do hotel de Adrogué, uma indecisa tradução quevediana (que não penso publicar) do *Urn Burial* de Browne.

pierre menard,
autor do *quixote*

para Silvina Ocampo

A obra visível que deixou este romancista pode ser fácil e brevemente relacionada. São, portanto, imperdoáveis as omissões e adições perpetradas por madame Henri Bachelier num
catálogo falaz que certo jornal, cuja tendência *protestante* não
é nenhum segredo, teve a desconsideração de infligir a seus
deploráveis leitores — se bem que estes sejam poucos e calvinistas, quando não maçons e circuncisos. Os amigos autênticos de Menard viram com alarme esse catálogo e mesmo
com certa tristeza. Dir-se-ia que ainda ontem nos reunimos
perante o mármore final, em meio aos ciprestes infaustos, e
já o Erro trata de empanar-lhe a Memória... Decididamente,
uma breve retificação faz-se inevitável.

Sei que é muito fácil recusar minha pobre autoridade.
Espero, no entanto, que não me proíbam mencionar dois
altos testemunhos. A baronesa de Bacourt (em cujos *vendredis* inesquecíveis tive a honra de conhecer o pranteado
poeta) houve por bem aprovar as linhas que seguem. A
condessa de Bagnoregio, um dos espíritos mais finos do
principado de Mônaco (e agora de Pittsburg, Pennsylvania, depois de suas recentes bodas com o filantropo inter-

nacional Simon Kautzsch, tão caluniado — ai! — pelas vítimas de suas desinteressadas manobras), sacrificou "à veracidade e à morte" (são dela tais palavras) a senhoril reserva que a distingue e, numa carta aberta publicada na revista *Luxe*, igualmente me concede seu beneplácito. Esses títulos de nobreza não serão, creio, insuficientes.

Disse que a obra *visível* de Menard é facilmente relacionável. Tendo examinado com esmero seu arquivo particular, verifiquei que consta das seguintes peças:

A Um soneto simbolista que apareceu duas vezes (com variantes) na revista *La conque* (números de março e outubro de 1899).

B Uma monografia sobre a possibilidade de formar um vocabulário poético de conceitos que não sejam sinônimos ou perífrases dos que constituem a linguagem corrente, "mas objetos ideais criados por uma convenção e essencialmente destinados às necessidades poéticas" (Nîmes, 1901).

C Uma monografia sobre "certas conexões ou afinidades" do pensamento de Descartes, Leibniz e John Wilkins (Nîmes, 1903).

D Uma monografia sobre a *Characteristica universalis* de Leibniz (Nîmes, 1904).

E Um artigo técnico sobre a possibilidade de enriquecer o xadrez eliminando um dos peões de torre. Menard propõe, recomenda, discute e acaba por recusar essa inovação.

F Uma monografia sobre a *Ars magna generalis* de Ramón Llull (Nîmes, 1906).

G Uma tradução com prólogo e notas do *Libro de la invención liberal y arte del juego del ajedrez* de Ruy López de Segura (Paris, 1907).

H Os rascunhos de uma monografia sobre a lógica simbólica de George Boole.

I Um exame das leis métricas essenciais da prosa francesa,
ilustrado com exemplos de Saint-Simon (*Revue des langues romanes*, Montpellier, outubro de 1909).

J Uma réplica a Luc Durtain (que tinha negado a existên-
cia dessas leis), ilustrada com exemplos de Luc Durtain
(*Revue des langues romanes*, Montpellier, dezembro de
1909).

K Uma tradução manuscrita da *Aguja de navegar cultos* de
Quevedo, intitulada *La boussole des précieux*.

L Um prefácio ao catálogo da exposição de litografias de
Carolus Hourcade (Nîmes, 1914).

M A obra *Les problèmes d'un problème* (Paris, 1917), que
discute em ordem cronológica as soluções do ilustre
problema de Aquiles e a tartaruga. Duas edições deste
livro apareceram até agora; a segunda traz como epígrafe o conselho de Leibniz "Ne craignez point, monsieur, la tortue", e renova os capítulos dedicados a
Russell e Descartes.

N Uma obstinada análise dos "hábitos sintáticos" de Toulet
(*N. R. F.*, março de 1921). Menard — recordo — decla-
rava que censurar e elogiar são operações sentimentais
que nada têm a ver com a crítica.

O Uma transposição em alexandrinos do *Cimetière marin*
de Paul Valéry (*N. R. F.*, janeiro de 1928).

P Uma invectiva contra Paul Valéry, nas *Hojas para la su-
presión de la realidad*, de Jacques Reboul. (Essa invectiva,
diga-se entre parêntesis, é o reverso exato da verdadeira opinião dele sobre Valéry. Este assim a entendeu, e a
velha amizade entre os dois não correu perigo.)

Q Uma "definição" da condessa de Bagnoregio, no "vitorioso volume" — a locução é de outro colaborador, Gabriele d'Annunzio — que essa dama publica, anualmente, para retificar os inevitáveis equívocos do jornalismo e apresentar "ao mundo e à Itália" uma efígie autêntica de sua pessoa, tão exposta (justamente em razão de sua beleza e atuação) a interpretações errôneas ou apressadas.

R Um ciclo de admiráveis sonetos para a baronesa de Bacourt (1934).

S Uma lista manuscrita de versos cuja eficácia se deve à pontuação.[1]

Até aqui (sem outra omissão a não ser uns vagos sonetos circunstanciais para o hospitaleiro, o desejoso, álbum de madame Henri Bachelier), a obra *visível* de Menard, em ordem cronológica. Passo agora à outra: a subterrânea, a interminavelmente heroica, a sem-par. Também — pobres possibilidades humanas! — a inconclusa. Essa obra, talvez a mais significativa de nosso tempo, consta do capítulo IX e do XXXVIII da primeira parte do *Dom Quixote* e de um fragmento do capítulo XXII. Sei que tal afirmação parece um disparate; justificar esse "disparate" é o objeto primordial desta nota.[2]

---

1 Madame Henri Bachelier enumera igualmente uma versão literal da versão literal feita por Quevedo da *Introduction à la vie dévote* de são Francisco de Sales. Na biblioteca de Pierre Menard não há vestígios de tal obra. Deve tratar-se de uma brincadeira de nosso amigo, mal ouvida.

2 Tive também o propósito secundário de esboçar a imagem de Pierre Menard. Mas como me atrever a competir com as páginas áureas que, conforme me dizem, prepara a baronesa de Bacourt ou com o lápis dedicado e pontual de Carolus Hourcade?

Dois textos de valor desigual inspiraram a empreitada. Um é o fragmento filológico de Novalis — o de número 2005 na edição de Dresden — que esboça o tema da *total identificação* com um autor determinado. O outro é um desses livros parasitários que situam Cristo num bulevar, Hamlet na Cannebière ou Dom Quixote em Wall Street. Como todo homem de bom gosto, Menard abominava esses carnavais inúteis, capazes somente — dizia — de ocasionar o prazer plebeu do anacronismo ou (o que é pior) de nos deleitar com a ideia primária de que todas as épocas são iguais ou diferentes. Mais interessante, embora de execução contraditória e superficial, parecia-lhe o famoso propósito de Daudet: conjugar *numa* só figura, que é Tartarin, o Engenhoso Fidalgo e seu escudeiro... Aqueles que insinuaram que Menard dedicou a vida a escrever um *Quixote* contemporâneo, caluniam sua límpida memória.

Ele não queria compor outro *Quixote* — o que seria fácil — mas o *Quixote*. Inútil acrescentar que nunca levou em conta uma transcrição mecânica do original; não se propunha copiá-lo. Sua admirável ambição era produzir páginas que coincidissem — palavra por palavra e linha por linha — com as de Miguel de Cervantes.

"Meu propósito é meramente assombroso", escreveu-me de Bayonne, no dia 30 de setembro de 1934. "O termo final de uma demonstração teológica ou metafísica — o mundo exterior, Deus, a casualidade, as formas universais — não é menos anterior e comum que meu divulgado romance. A única diferença é que os filósofos publicam em agradáveis volumes as etapas intermediárias de seu trabalho e eu resolvi perdê-las." Com efeito, não resta um só rascunho que testemunhe esse esforço de anos.

O método inicial que imaginou era relativamente singelo. Conhecer bem o espanhol, recuperar a fé católica, guerrear contra os mouros ou contra os turcos, esquecer a história da Europa entre os anos de 1602 e de 1918, *ser* Miguel de Cervantes. Pierre Menard estudou esse procedimento (sei que chegou a manejar com bastante fidelidade o espanhol do século XVII), mas não o descartou pela facilidade. Antes pela impossibilidade!, dirá o leitor. De acordo, mas a empreitada era de antemão impossível e, de todos os meios impossíveis para levá-la a termo, este era o menos interessante. Ser no século XX um romancista popular do século XVII pareceu-lhe uma diminuição. Ser, de alguma forma, Cervantes e chegar ao *Quixote* pareceu-lhe menos árduo — por conseguinte, menos interessante — que continuar sendo Pierre Menard e chegar ao *Quixote* através das experiências de Pierre Menard. (Essa convicção, diga-se de passagem, levou-o a excluir o prólogo autobiográfico da segunda parte do *Dom Quixote*. Incluir esse prólogo teria sido criar outro personagem — Cervantes —, mas também teria significado apresentar o *Quixote* em função desse personagem e não de Menard. Este, naturalmente, negou-se a essa facilidade.) "Minha empresa não é difícil, essencialmente", leio noutro trecho da carta. "Bastaria que eu fosse imortal para levá-la a cabo." Confessarei que costumo imaginar que ele a terminou e que leio o *Quixote* — todo o *Quixote* — como se Menard o tivesse pensado? Noites atrás, ao folhear o capítulo XXVI — que ele nunca ensaiou —, reconheci o estilo de nosso amigo e como que a sua voz nesta frase excepcional: "as ninfas dos rios, a dolorosa e úmida Eco". Essa conjunção eficaz de um adjetivo

moral com outro físico trouxe-me à memória um verso
de Shakespeare que discutimos uma tarde:

Where a malignant and a turbaned Turk...

Por que precisamente o *Quixote*?, dirá nosso leitor.
Essa preferência, num espanhol, não teria sido inexplicável; mas será, sem dúvida, num simbolista de Nîmes, devoto essencialmente de Poe, que gerou Baudelaire, que
gerou Mallarmé, que gerou Valéry, que gerou Edmond
Teste. A carta acima citada ilumina este ponto. "O *Quixote*", esclarece Menard, "interessa-me profundamente,
mas não me parece, como direi?, inevitável. Não posso
imaginar o universo sem a interjeição de Poe:

Ah, bear in mind this garden was enchanted!

ou sem o *Bateau ivre* ou o *Ancient Mariner*; não obstante,
sinto-me capaz de imaginá-lo sem o *Quixote*. (Falo, naturalmente, de minha capacidade pessoal, não da resso-
nância histórica das obras.) O *Quixote* é um livro contin-
gente, o *Quixote* não é necessário. Posso premeditar sua
escrita, posso escrevê-lo, sem incorrer numa tautologia.
Aos doze ou treze anos eu o li, talvez integralmente. Depois reli com atenção alguns capítulos, aqueles que por
ora não tentarei escrever. Percorri também os entreme-
zes, as comédias, a *Galateia*, as *Novelas exemplares*, os trabalhos sem dúvida penosos de *Persiles e Segismunda* e a
Viagem ao Parnaso... Minha lembrança geral do *Quixote*,
simplificada pelo esquecimento e pela indiferença, pode
muito bem equivaler à imprecisão da imagem anterior

de um livro não escrito. Uma vez postulada essa imagem (que com toda a justiça ninguém pode me negar), é indiscutível que meu problema é bastante mais difícil que o de Cervantes. Meu complacente precursor não rejeitou a colaboração do acaso: ia compondo a obra imortal um pouco *à la diable*, levado pela inércia da linguagem e da invenção. Eu, de minha parte, assumi o misterioso dever de reconstruir literalmente sua obra espontânea. Meu jogo solitário é governado por duas leis polares. A primeira permite-me ensaiar variantes de caráter formal ou psicológico; a segunda obriga-me a sacrificá-las ao texto 'original' e a considerar de um modo irrefutável essa aniquilação... A essas travas artificiais é preciso somar outra, congênita. Compor o *Quixote* em princípios do século XVII era uma empreitada razoável, necessária, quem sabe fatal; em princípios do século XX, é quase impossível. Trezentos anos não transcorreram em vão, carregados como foram de complexíssimos fatos. Entre eles, para apenas mencionar um: o próprio *Quixote*."

Apesar desses três obstáculos, o fragmentário *Quixote* de Menard é mais sutil que o de Cervantes. Este, de uma forma tosca, opõe as ficções cavalheirescas à pobre realidade provinciana de seu país; Menard escolhe como "realidade" a terra de Carmen durante o século de Lepanto e Lope. Que espanholadas essa escolha não teria sugerido a Maurice Barrès ou ao doutor Rodríguez Larreta! Menard, com toda a naturalidade, evita-as. Em sua obra não há ciganices, nem conquistadores, nem místicos, nem Filipe II, nem autos de fé. Proscreve a cor local ou não lhe dá atenção. Esse desdém indica um sentido novo do romance histórico. Esse desdém condena inapelavelmente *Salammbô*.

Não menos assombroso é considerar capítulos isolados. Por exemplo, examinemos o XXXVIII da primeira parte, que "trata do curioso discurso que fez Dom Quixote sobre as armas e as letras". É sabido que Dom Quixote (como Quevedo em passagem análoga, e posterior, de *La hora de todos*) julga o pleito contra as letras e em favor das armas. Cervantes era um velho militar: seu julgamento se explica. Mas que o Dom Quixote de Pierre Menard — homem contemporâneo de *La trahison des clercs* e de Bertrand Russell — reincida nessas nebulosas sofisticarias! Madame Bachelier viu nelas uma admirável e típica subordinação do autor à psicologia do herói; outros (de maneira nada perspicaz), uma *transcrição* do *Quixote*; a baronesa de Bacourt, a influência de Nietzsche. A essa terceira interpretação (que reputo irrefutável) não sei se me atreverei a acrescentar uma quarta, que condiz muito bem com a quase divina modéstia de Pierre Menard: seu hábito resignado ou irônico de propagar ideias que eram o estrito reverso das que preferia. (Rememoremos outra vez sua diatribe contra Paul Valéry na efêmera folha surrealista de Jacques Reboul.) O texto de Cervantes e o de Menard são verbalmente idênticos, mas o segundo é quase infinitamente mais rico. (Mais ambíguo, dirão seus detratores; mas a ambiguidade é uma riqueza.)

É uma revelação cotejar o *Dom Quixote* de Menard com o de Cervantes. Este, por exemplo, escreveu (*Dom Quixote*, primeira parte, capítulo IX):

> ...*a verdade, cuja mãe é a história, êmula do tempo, depósito das ações, testemunha do passado, exemplo e aviso do presente, advertência do futuro.*

Redigida no século XVII, redigida pelo *"ingenio lego"** Cervantes, essa enumeração é um mero elogio retórico da história. Menard, em contrapartida, escreve:

...a verdade, cuja mãe é a história, êmula do tempo, depósito das ações, testemunha do passado, exemplo e aviso do presente, advertência do futuro.

A história, *mãe* da verdade; a ideia é assombrosa. Menard, contemporâneo de William James, não define a história como uma indagação da realidade, mas como sua origem. A verdade histórica, para ele, não é o que aconteceu; é o que julgamos que aconteceu. As cláusulas finais — "exemplo e aviso do presente, advertência do futuro" — são descaradamente pragmáticas. Também é vívido o contraste dos estilos. O estilo arcaizante de Menard — estrangeiro, afinal — padece de alguma afetação. Não assim o do precursor, que maneja com desenfado o espanhol corrente de sua época.

Não há exercício intelectual que não seja afinal inútil. Uma doutrina filosófica é no início uma descrição verossímil do universo; passam os anos e é um mero capítulo — quando não um parágrafo ou um nome — da história da filosofia. Na literatura, essa caducidade final é mesmo mais notória. "O *Quixote*", disse-me Menard, "foi antes de tudo um livro agradável; agora é uma ocasião para brindes patrióticos, soberba gramatical, obscenas edições de luxo. A glória é uma incompreensão e, quem sabe, a pior delas."

---

* "Gênio ignorante": expressão da época, com que foi designado Cervantes, cuja formação intelectual é motivo de dúvidas.

Nada têm de novo essas comprovações niilistas; singular é a decisão que delas derivou Pierre Menard. Resolveu adiantar-se à vaidade que aguarda todas as fadigas do homem; empreendeu uma tarefa complexíssima e de antemão fútil. Dedicou seus escrúpulos e vigílias a repetir num idioma alheio um livro preexistente. Multiplicou os rascunhos; corrigiu tenazmente e rasgou milhares de páginas manuscritas.[3] Não permitiu que ninguém as examinasse e cuidou de que não lhe sobrevivessem. Em vão procurei reconstruí-las.

Refleti que é lícito ver no *Quixote* "final" uma espécie de palimpsesto, no qual devem transparecer os traços — tênues mas não indecifráveis — da escrita "prévia" de nosso amigo. Infelizmente, apenas um segundo Pierre Menard, invertendo o trabalho do anterior, poderia exumar e ressuscitar essas Troias...

"Pensar, analisar, inventar [escreveu-me também] não são atos anômalos, são a respiração normal da inteligência. Glorificar o ocasional cumprimento dessa função, entesourar antigos e alheios pensamentos, recordar com incrédula estupefação o que o *doctor universalis* pensou, é confessar nossa languidez ou nossa barbárie. Todo homem deve ser capaz de todas as ideias e entendo que no futuro será."

Menard (talvez sem querer) enriqueceu mediante uma técnica nova a arte detida e rudimentar da leitura: a técnica do anacronismo deliberado e das atribuições

---

3 Lembro-me de seus cadernos quadriculados, das negras rasuras, dos peculiares símbolos tipográficos e da letra de inseto. No cair da tarde ele gostava de caminhar pelos arrabaldes de Nîmes; costumava levar consigo um caderno e fazer uma alegre fogueira.

errôneas. Essa técnica de aplicação infinita nos insta a percorrer a *Odisseia* como se fosse posterior à *Eneida* e o livro *Le jardin du Centaure* de madame Henri Bachelier como se fosse de madame Henri Bachelier. Essa técnica povoa de aventura os livros mais pacatos. Atribuir a Louis-Ferdinand Céline ou a James Joyce a *Imitação de Cristo* não será uma renovação suficiente desses tênues conselhos espirituais?

Nîmes, 1939

as ruínas
circulares

And if he left off dreaming about you...
Through the Looking-Glass, *IV*

Ninguém o viu desembarcar na noite unânime, ninguém
viu a canoa de bambu sumindo no lodo sagrado, mas dias
depois ninguém ignorava que o homem taciturno vinha
do Sul e que sua pátria era uma das infinitas aldeias que
estão a montante, no flanco violento da montanha, onde
o idioma zend não foi contaminado pelo grego e a lepra é
pouco frequente. A verdade é que o homem cinza beijou o
lodo, galgou o barranco da margem sem afastar (provavelmente, sem sentir) o capim-navalha que lhe dilacerava a
carne e se arrastou, atônito e ensanguentado, até o recinto
circular coroado por um tigre ou cavalo de pedra, que um
dia foi da cor do fogo e agora é da cor da cinza. Essa arena
é um templo que antigos incêndios devoraram, que a selva
do pântano profanou e cujo deus não recebe a honra dos
homens. O forasteiro estendeu-se sob o pedestal. Foi despertado pelo sol alto. Comprovou sem espanto que as feri-
das tinham cicatrizado; fechou os olhos pálidos e adormeceu, não por fraqueza da carne, mas por determinação da
vontade. Sabia que aquele templo era o lugar exigido por
seu invencível propósito; sabia que as árvores incessantes
não haviam conseguido estrangular, rio abaixo, as ruínas

de outro templo propício, também de deuses incendiados e mortos; sabia que sua imediata obrigação era sonhar. Por volta da meia-noite foi despertado pelo grito inconsolável de um pássaro. Rastros de pés descalços, alguns figos e um cântaro lhe permitiram entender que os homens da região tinham espiado com respeito seu sono e solicitavam sua proteção ou temiam sua magia. Sentiu o frio do medo e buscou na muralha dilapidada um nicho sepulcral e se cobriu com folhas desconhecidas.

O propósito que o guiava não era impossível, ainda que sobrenatural. Queria sonhar um homem: queria sonhá-lo com integridade minuciosa e impô-lo à realidade. Esse projeto mágico havia esgotado completamente o espaço de sua alma; se alguém tivesse lhe perguntado seu próprio nome ou qualquer traço de sua vida anterior, não teria dado com a resposta. Era para ele conveniente o templo desabitado e destroçado, porque era um mínimo de mundo visível; a proximidade dos lenhadores também, pois estes se encarregavam de suprir suas necessidades frugais. O arroz e as frutas de seu tributo eram alimento suficiente para seu corpo, consagrado à única tarefa de dormir e sonhar.

No início, os sonhos eram caóticos; pouco depois, foram de natureza dialética. O forasteiro sonhava consigo mesmo no centro de um anfiteatro circular que era de algum modo o templo incendiado: nuvens de alunos taciturnos exauriam a arquibancada; as caras dos últimos pendiam a muitos séculos de distância e a uma altura estelar, mas eram inteiramente precisas. O homem ditava-lhes lições de anatomia, de cosmografia, de magia: os rostos escutavam com ansiedade e procuravam responder com entendimento, como se adivinhassem a importância daquele exame, que redimiria um deles da sua condição de vã aparência e o introduziria no mundo real. Durante o sonho e a vigília, o homem considerava as respostas de seus fantasmas, não se deixava engabelar pelos impostores, adivinhava em certas perplexidades uma inteligência crescente. Buscava uma alma que merecesse participar do universo.

Depois de nove ou dez noites compreendeu com alguma amargura que nada podia esperar daqueles alunos que aceitavam com passividade sua doutrina, e sim daqueles que arriscavam, às vezes, uma contradição razoável. Os primeiros, embora dignos de amor e afeição, não podiam ascender a indivíduos; os últimos preexistiam um pouco mais. Uma tarde (agora também as tardes eram tributárias do sonho, agora não velava senão um par de horas durante o amanhecer) dispensou para sempre o vasto colégio ilusório e ficou apenas com um aluno. Era um rapaz taciturno, melancólico, às vezes indócil, de traços afilados que repetiam os de seu sonhador. A brusca eliminação de seus condiscípulos não o desconcertou por muito tempo; depois de umas poucas aulas particulares, maravilhou o mestre. Contudo, sobreveio a catástrofe. Certo dia, o homem emergiu do sonho como de um deserto viscoso, olhou a luz vã da tarde que de imediato confundiu com a aurora e compreendeu que não sonhara. Toda a noite e o dia seguinte, a intolerável lucidez da insônia se abateu sobre ele. Quis explorar a selva, extenuar-se; mal conseguiu, em meio à cicuta, rajadas de um sonho débil, fugazmente mescladas a visões de qualidade rudimentar: imprestáveis. Quis congregar o colégio e, mal tinha articulado umas breves palavras de exortação, este se deformou, desfazendo-se. Na quase perpétua vigília, lágrimas de ira queimavam-lhe os olhos envelhecidos.

Compreendeu que o empenho de modelar a matéria incoerente e vertiginosa de que os sonhos são feitos é o mais árduo que um varão pode empreender, embora penetre todos os enigmas da ordem superior e da inferior: muito mais árduo que tecer uma corda de areia ou que amoldar o vento sem rosto. Compreendeu que um fracasso inicial era inevitável. Jurou esquecer a enorme alucinação que a princípio o desviara e buscou outro método de trabalho. Antes de exercitá-lo, dedicou um mês à reposição das forças que o delírio desperdiçara. Abandonou toda premeditação de sonhar e quase ato contínuo conseguiu dormir um pedaço razoável do dia. As raras vezes que sonhou durante esse período, não reparou nos sonhos. Para reatar a tarefa, esperou que o disco da lua ficasse perfeito. Em seguida, à tarde purificou-se nas águas do rio, adorou os deuses planetários, pronunciou as sílabas lícitas de um nome poderoso e adormeceu. Quase imediatamente, sonhou com um coração que palpitava.

Sonhou-o ativo, quente, secreto, do tamanho de um punho fechado, de cor grená na penumbra de um corpo humano ainda sem rosto nem sexo; sonhou-o com minucioso amor, durante catorze lúcidas noites. Cada noite, percebia-o com maior evidência. Não o tocava: limitava-se a testemunhar sua presença, a observá-lo, talvez a corrigi-lo com o olhar. Percebia-o, vivia-o, de muitas distâncias e muitos ângulos. Na décima quarta noite tocou a artéria pulmonar com o indicador e, em seguida, o coração todo por fora e por dentro. O exame o satisfez. Deliberadamente não sonhou durante uma noite: depois voltou ao coração, invocou o nome de um planeta e empreendeu a visão de outro dos órgãos principais. Antes de um ano chegou ao esqueleto, às pálpebras. O cabelo inumerável foi, quem sabe, a tarefa mais difícil. Sonhou um homem inteiro, um moço, mas este não se incorporava nem falava nem podia abrir os olhos. Noite após noite, o homem o sonhava adormecido.

Nas cosmogonias gnósticas, os demiurgos moldam um Adão vermelho que não consegue ficar de pé; tão inábil e rude e elementar feito esse Adão de pó era o Adão de sonho que as noites do mago tinham fabricado. Uma tarde, o homem quase destruiu por completo a sua obra, mas se arrependeu. (Melhor teria sido que a tivesse destruído.) Esgotados os votos aos numes da terra e do rio, lançou-se aos pés da efígie que talvez fosse um tigre, talvez um potro, e implorou seu desconhecido socorro. Durante aquele crepúsculo, sonhou com a estátua. Sonhou-a viva, trêmula: não era um atroz bastardo de tigre e potro, mas a uma só vez essas duas criaturas veementes e também um touro, uma rosa, uma tempestade. Esse múltiplo deus revelou-lhe que seu nome terreno era Fogo, que naquele templo circular (e noutros iguais) haviam lhe rendido sacrifícios e culto, e que magicamente animaria o fantasma sonhado, de modo que todas as criaturas, exceto o próprio Fogo e o sonhador, o tomassem por um homem de carne e osso. Ordenou-lhe que, uma vez instruído nos ritos, seria enviado ao outro templo destroçado, cujas pirâmides persistem a jusante, para que alguma voz o glorificasse naquele edifício deserto. No sonho do homem que sonhava, o sonhado despertou.

O mago executou as ordens. Consagrou um prazo (que finalmente abrangeu dois anos) a lhe desvelar os arcanos do universo e do culto do fogo. Intimamente, sentia separar-se dele. Com o pretexto da necessidade pedagógica, todo dia aumentava as horas dedicadas ao sonho. Também refez o ombro direito, quem sabe deficiente. Às vezes, inquietava-o uma impressão de que tudo aquilo já acontecera... Em geral, seus dias eram felizes; ao fechar os olhos, pensava: "Agora estarei com meu filho". Ou, mais raramente: "O filho que gerei me espera e não existirá se eu não for".

Gradualmente, foi habituando-o à realidade. Uma vez lhe ordenou que pusesse uma bandeira num pico distante. No dia seguinte, a bandeira flamejava no cume. Ensaiou outros experimentos análogos, cada vez mais ousados. Compreendeu com certa amargura que seu filho estava pronto para nascer — e talvez já impaciente. Nessa noite beijou-o pela primeira vez e o enviou ao outro templo, cujos destroços alvejavam rio acima, a muitas léguas de inextricável selva e pântano. Antes (para que ele não soubesse nunca que era um fantasma, para que se julgasse um homem como os outros) lhe infundiu o esquecimento total de seus anos de aprendizagem.

Sua vitória e sua paz ficaram empanadas pelo fastio. Nos crepúsculos da tarde e da madrugada, prosternava--se perante a figura de pedra, talvez imaginando que seu filho irreal executasse idênticos ritos, noutras ruínas circulares, a jusante; de noite não sonhava, ou sonhava como fazem todos os homens. Percebia com certa palidez os sons e as formas do universo: o filho ausente se nutria dessas diminuições de sua alma. O propósito de sua vida fora cumprido; o homem persistiu numa espécie de êxtase. Depois de algum tempo que certos narradores de sua história preferem computar em anos e outros em lustros, foi despertado por dois remadores à meia-noite: não pôde ver o rosto deles, mas lhe falaram de um homem mágico num templo do Norte, capaz de pisar no fogo sem se queimar. O mago recordou bruscamente as palavras do deus. Recordou que, de todas as criaturas que compõem o globo, o Fogo era a única que sabia que seu filho era um fantasma. Essa recordação, apaziguadora de início, acabou por atormentá-lo. Temeu que seu filho meditasse sobre esse privilégio anormal e descobrisse de algum modo sua condição de mero simulacro. Não ser um homem, ser a projeção do sonho de outro homem, que humilhação incomparável, que vertigem! A todo pai interessam os filhos que procriou (que permitiu) numa mera confusão ou felicidade; é natural que o mago temesse pelo futuro daquele filho, pensado entranha por entranha e traço por traço, em mil e uma noites secretas.

O término de suas cavilações foi repentino, mas alguns sinais o prenunciaram. Primeiro (no fim de uma longa seca) uma nuvem remota sobre um morro, leve como um pássaro; depois, rumo ao Sul, o céu que era da cor da gengiva dos leopardos; logo as fumaceiras que enferrujaram o metal das noites; por fim, a fuga pânica das feras. Porque se repetiu o acontecido havia muitos séculos. As ruínas do santuário do deus do Fogo foram destruídas pelo fogo. Num amanhecer sem pássaros o mago viu o incêndio concêntrico agarrar-se aos muros. Por um instante, pensou se refugiar nas águas, mas depois compreendeu que a morte vinha coroar sua velhice e absolvê-lo dos seus trabalhos. Caminhou contra as línguas de fogo. Elas não morderam sua carne; antes o acariciaram, inundando-o sem calor e sem combustão. Com alívio, com humilhação, com terror, compreendeu que ele também era uma aparência, que outro o estava sonhando.

a loteria
na babilônia

Como todos os homens da Babilônia, fui procônsul; como todos, escravo; também conheci a onipotência, o opróbrio, os cárceres. Olhem: falta o indicador de minha mão direita. Olhem: por este rasgão da capa se vê em minha barriga uma tatuagem vermelha: é o segundo símbolo, Beth. Esta letra, nas noites de lua cheia, confere-me poder sobre os homens cuja marca é Ghimel, mas me subordina aos de Aleph, que nas noites sem lua devem obediência aos Ghimel. No crepúsculo do amanhecer, num porão, degolei diante de uma pedra negra touros sagrados. Durante um ano lunar, fui declarado invisível: gritava e não me respondiam, roubava o pão e não me decapitavam. Conheci o que os gregos ignoram: a incerteza. Numa câmara de bronze, defronte ao lenço silencioso do estrangulador, a esperança me foi fiel; no rio dos deleites, o pânico. Heráclides Pôntico relata com admiração que Pitágoras recordava ter sido Pirro e antes Euforbo e antes ainda algum outro mortal; para recordar vicissitudes análogas, eu não preciso recorrer à morte nem à impostura.

Devo essa diversidade quase atroz a uma instituição que outras repúblicas ignoram ou que nelas funciona de modo imperfeito e secreto: a loteria. Não indaguei sua história; sei que os magos não conseguem entrar em acordo; sei de seus poderosos propósitos quanto pode saber da Lua um homem não versado em astrologia. Sou de um país vertiginoso onde a loteria é parte principal da realidade: até o dia de hoje, pensei tão pouco nela como na conduta dos deuses indecifráveis ou de meu próprio coração. Agora, longe da Babilônia e de seus queridos costumes, penso com certo assombro na loteria e nas conjecturas blasfemas que ao entardecer os homens velados murmuram.

Meu pai contava que antigamente — questão de séculos, de anos? — a loteria na Babilônia era um jogo de caráter plebeu. Contava (ignoro se falava a verdade) que os barbeiros trocavam por moedas de cobre retângulos de osso ou de pergaminho adornados de símbolos. Em pleno dia se realizava um sorteio: os agraciados recebiam, sem outra corroboração do acaso, moedas cunhadas de prata. O procedimento era elementar, como podem ver.

Naturalmente, essas "loterias" fracassaram. Sua virtude moral era nula. Não se dirigiam a todas as faculdades humanas, mas unicamente à esperança. Diante da indiferença pública, os mercadores que fundaram essas loterias venais começaram a perder dinheiro. Alguém ensaiou uma reforma: a intercalação de umas poucas possibilidades adversas no cômputo de números favoráveis. Mediante essa reforma, os compradores de retângulos numerados corriam a dupla chance de ganhar uma soma e de pagar uma multa às vezes vultosa. Esse ligeiro perigo (para cada trinta números favoráveis havia um número aziago) despertou, como é natural, o interesse do público. Os babilônios entregaram-se ao jogo. Quem não tentava a sorte era considerado pusilânime, mesquinho. Com o tempo, esse desdém justificável se duplicou. Quem não jogasse era desprezado, mas também eram desprezados os perdedores que pagavam a multa. A Companhia (assim começou a ser chamada então) teve de zelar pelos ganhadores, que não podiam receber os prêmios se faltasse nas caixas o montante quase total das multas. Ela chegou a mover um processo contra os perdedores: o juiz condenou-os a pagar a multa original e os custos, ou a alguns dias de prisão. Todos optaram pela prisão, para defraudar a Companhia. Dessa bravata de uns poucos nasce a onipotência da Companhia: seu valor eclesiástico, metafísico.

Pouco depois, os informes dos sorteios passaram a omitir as enumerações de multas, limitando-se a publicar os dias de prisão que cada número adverso designava. Esse laconismo, quase inadvertido em seu tempo, teve importância capital. *Foi o primeiro aparecimento na loteria de elementos não pecuniários.* O êxito foi grande. Instada pelos jogadores, a Companhia se viu diante da necessidade de aumentar os números adversos.

Ninguém ignora que o povo da Babilônia é muito devoto da lógica, e mesmo da simetria. Era incoerente que os números faustos fossem computados em moedas redondas e os infaustos em dias e noites de prisão. Alguns moralistas argumentaram que a posse de moedas nem sempre determina a felicidade e que outras formas de satisfação talvez sejam mais diretas.

Outra inquietação grassava nos bairros pobres. Os membros do colégio sacerdotal multiplicavam as apostas e gozavam de todas as vicissitudes do terror e da esperança; os pobres (com inveja razoável ou inevitável) se sabiam excluídos desse vaivém, notoriamente delicioso. O justo anseio de que todos, pobres e ricos, participassem por igual da loteria, inspirou uma indignada agitação, cuja memória os anos não desfiguraram. Alguns obstinados não compreenderam (ou simularam não compreender) que se tratava de uma nova ordem, de uma etapa histórica necessária... Um escravo roubou um bilhete carmesim, que no sorteio o tornou merecedor de que lhe queimassem a língua. O código fixava essa mesma pena para quem roubasse um bilhete. Alguns babilônios argumentavam que ele merecia, em sua qualidade de ladrão, o ferro quente; outros, magnânimos, que o carrasco devia aplicar-lhe o mesmo castigo porque assim fora determinado pelo acaso... Houve distúrbios, houve efusões lamentáveis de sangue; mas o povo babilônico impôs finalmente sua vontade, contra a oposição dos ricos. O povo alcançou plenamente seus fins generosos. Em primeiro lugar, conseguiu que a Companhia aceitasse a totalidade do poder público. (Essa unificação era necessária, dada a vastidão e a complexidade das novas operações.) Em segundo lugar, conseguiu que a loteria fosse secreta, gratuita e geral. Ficou abolida a venda mercenária de sortes. Já iniciado nos mistérios de Bel, todo homem livre participava automaticamente dos sorteios sagrados, que se efetuavam nos labirintos do deus a cada sessenta noites e determinavam seu destino até o outro exercício. As consequências foram incalculáveis. Uma jogada feliz podia motivar sua elevação ao concílio dos magos ou o aprisionamento de um inimigo (notório ou íntimo) ou ainda o encontro, na pacífica treva do quarto, da mulher que começa a nos inquietar ou que não esperávamos rever; uma jogada adversa: a mutilação, a variada infâmia, a morte. Às vezes um único fato — o grosseiro assassinato de C, a apoteose misteriosa de B — era a solução genial de trinta ou quarenta sorteios. Combinar as jogadas era difícil; mas é preciso recordar que os indivíduos da Companhia eram (e são) todo-poderosos e astutos. Em muitos casos, o conhecimento de que certas felicidades eram simples produto do acaso teria diminuído sua virtude; para evitar esse inconveniente, os agentes da Companhia lançavam mão de sugestões e da magia. Seus passos, suas manobras, eram secretos. Para indagar as íntimas esperanças e os íntimos terrores de cada um, dispunham de astrólogos e espias. Havia certos leões de pedra, havia uma latrina sagrada chamada Qaphqa, havia umas gretas num empoeirado aqueduto que, segundo a opinião geral, *davam para a Companhia*; as pessoas malignas ou benévolas depositavam delações nesses lugares. Um arquivo alfabético recolhia essas informações de variável veracidade.

Coisa incrível, não faltaram boatos. A Companhia, com sua discrição habitual, não replicou diretamente. Preferiu rabiscar nos escombros de uma fábrica de máscaras um argumento breve, que agora figura nas escrituras sagradas. Essa peça doutrinária observava que a loteria é uma interpolação do acaso na ordem do mundo e que aceitar erros não é contradizer o acaso: é corroborá-lo. Observava igualmente que esses leões e esse recipiente sagrado, embora não desautorizados pela Companhia (que não renunciava ao direito de consultá-los), funcionavam sem garantia oficial.

Essa declaração apaziguou as inquietações públicas.

Também produziu outros efeitos, talvez não previstos pelo autor. Modificou de forma honrada o espírito e as operações da Companhia. Pouco tempo me resta; chegou o aviso de que a nau está para zarpar; mas vou tratar de dar uma explicação.

Por inverossímil que possa parecer, ninguém tinha ensaiado até então uma teoria geral dos jogos. Os babilônios não são especulativos. Acatam os ditames do acaso, entregam a ele a vida, a esperança, o terror pânico, mas não lhes ocorre investigar as leis labirínticas, nem as esferas giratórias que o revelam. Contudo, a declaração officiosa que mencionei inspirou muitas discussões de caráter jurídico-matemático. De alguma delas nasceu a seguinte conjectura: se a loteria é uma intensificação do acaso, uma periódica infusão do caos no cosmos, não conviria que o acaso interviesse em todas as etapas do sorteio e não somente em uma? Não é irrisório que o acaso dite a morte de alguém e que as circunstâncias dessa morte — a reserva, a publicidade, o prazo de uma hora ou de um século — não estejam sujeitas ao acaso? Esses escrúpulos tão justos provocaram por fim uma considerável reforma, cujas complexidades (agravadas por um exercício de séculos) apenas alguns especialistas chegam a entender, mas tentarei resumi-las, ao menos de modo simbólico.

Imaginemos um primeiro sorteio, que dita a morte de um homem. Para seu cumprimento se procede a um segundo sorteio, que propõe (digamos) nove executores possíveis. Desses executores, quatro podem iniciar um terceiro sorteio que dirá o nome do carrasco, dois podem substituir a ordem adversa por uma ordem benévola (o encontro de um tesouro, digamos), outro exacerbará a morte (quer dizer, vai torná-la infame ou a enriquecerá com torturas), outros podem se negar a cumpri-la... Tal é o esquema simbólico. Na realidade *o número de sorteios é infinito*. Nenhuma decisão é final, todas se ramificam em outras. Os ignorantes supõem que infinitos sorteios exigem um tempo infinito; na realidade basta que o tempo seja infinitamente subdivisível, como ensina a famosa parábola do Certame com a Tartaruga. Essa infinitude condiz de maneira admirável com os sinuosos números do Acaso e com o Arquétipo Celestial da Loteria, adorada pelos platônicos... Algum eco disforme de nossos ritos parece ter retumbado no Tibre: Elle Lampridio, na *Vida de Antonino Heliogábalo*, relata que este imperador escrevia em conchas as sortes que destinava aos convidados, de maneira que um recebia dez libras de ouro e outro dez moscas, dez marmotas, dez ursos. É lícito recordar que Heliogábalo foi educado na Ásia Menor, entre os sacerdotes do deus epônimo.

Existem também sorteios impessoais, de propósito indefinido: um decreta que se lance nas águas do Eufrates uma safira da Taprobana; outro, que do alto de uma torre se solte um pássaro; outro ainda, que a cada século se retire (ou se acrescente) um grão de areia dos inumeráveis que há na praia. As consequências são, às vezes, terríveis.

Sob a influência benfazeja da Companhia, nossos costumes estão saturados de acaso. O comprador de uma dúzia de ânforas de vinho damasceno não vai se maravilhar se uma delas contiver um talismã ou uma víbora; o escrivão que redige um contrato não deixa quase nunca de introduzir algum dado errôneo; eu mesmo, nesta apressada declaração, falseei algum esplendor, alguma atrocidade. Quem sabe, também, alguma misteriosa monotonia... Nossos historiadores, que são os mais perspicazes do globo, inventaram um método para corrigir o acaso; consta que as operações desse método são (em geral) fidedignas; embora, naturalmente, não sejam divulgadas sem alguma dose de engano. Além disso, nada tão contaminado de ficção como a história da Companhia... Um documento paleográfico, exumado num templo, pode ser obra do sorteio de ontem ou de um sorteio secular. Não se publica um livro sem alguma divergência entre cada um dos exemplares. Os escribas prestam o juramento secreto de omitir, interpolar, variar. Também se pratica a mentira indireta.

A Companhia, com modéstia divina, evita toda publicidade. Seus agentes, como é natural, são secretos; as ordens que dá continuamente (talvez incessantemente) não diferem daquelas em que são pródigos os impostores. Além do mais, quem poderá se jactar de ser um mero impostor? O ébrio que improvisa um mandato absurdo, o sonhador que desperta de repente e afoga com as mãos a mulher que dorme a seu lado, acaso não executam uma secreta decisão da Companhia? Esse funcionamento silencioso, comparável ao de Deus, provoca toda sorte de conjecturas. Uma delas insinua, de forma abominável, que a Companhia já não existe há séculos e que a sacra desordem de nossas vidas é puramente hereditária, tradicional; outra a julga eterna e ensina que perdurará até a última noite, quando o último deus aniquilar o mundo. Outra, ainda, declara que a Companhia é onipotente, mas que só influi em coisas minúsculas: no grito de um pássaro, nos matizes da ferrugem e do pó, nos entressonhos do amanhecer. Outra mais, pela boca de heresiarcas mascarados, *que ela nunca existiu nem existirá.* Outra por fim, não menos vil, argumenta que é indiferente afirmar ou negar a realidade da tenebrosa corporação, porque a Babilônia não é outra coisa senão um infinito jogo de acasos.

exame da obra
de herbert quain

Herbert Quain morreu em Roscommon; comprovei sem
espanto que o Suplemento Literário do *Times* mal lhe
dedica meia coluna de piedade necrológica, em que não
há epíteto laudatório que não venha corrigido (ou se-
riamente admoestado) por um advérbio. O *Spectator*,
em seu número pertinente, é sem dúvida menos lacôni-
co e talvez mais cordial, mas equipara o primeiro livro
de Quain — *The God of the Labyrinth* — a um de mrs.
Agatha Christie e outros aos de Gertrude Stein: evoca-
ções que ninguém julgará inevitáveis e que não teriam
deixado alegre o defunto. Este, além do mais, nunca se
considerou genial; nem sequer nas noites peripatéticas
de conversa literária, quando o homem que já exauriu
as impressoras brinca invariavelmente de ser monsieur
Teste ou o doutor Samuel Johnson... Percebia com toda
a lucidez a condição experimental de seus livros: admiráveis talvez pela novidade e por certa lacônica probidade,
mas não pelas virtudes da paixão. "Sou como as odes de
Cowley", escreveu-me ele de Longford no dia 6 de março
de 1939. "Não pertenço à arte, mas à mera história da
arte." Não havia, para ele, disciplina inferior à história.

Repeti uma modéstia de Herbert Quain; naturalmente, essa modéstia não esgota seu pensamento. Flaubert e Henry James habituaram-nos a supor que as obras de arte são pouco frequentes e de execução trabalhosa; o século XVI (recordemos a *Viagem ao Parnaso*, recordemos o destino de Shakespeare) não compartilhava dessa desconsolada opinião. Herbert Quain, tampouco. Parecia-lhe que a boa literatura é bastante comum e que quase não há conversa de rua que não chegue até ela. Também lhe parecia que o fato estético não pode prescindir de algum elemento de assombro e que assombrar-se de memória é difícil. Deplorava com risonha sinceridade "a servil e obstinada conservação" de livros pretéritos... Ignoro se sua vaga teoria se justifica; sei que seus livros almejam em demasia o assombro.

Deploro ter emprestado a uma dama, irreversivelmente, a primeira coisa que publicou. Afirmei que se trata de um romance policial: *The God of the Labyrinth*; posso agradecer que o editor o tenha posto à venda nos últimos dias de novembro de 1933. Nos primeiros dias de dezembro, as agradáveis e árduas involuções do *Siamese Twin Mystery* ocuparam Londres e Nova York; eu prefiro atribuir a essa coincidência ruinosa o fracasso do romance de nosso amigo. Também (quero ser totalmente sincero) à sua elaboração deficiente e à vã e frígida pomposidade de certas descrições do mar. Depois de sete anos, é para mim impossível recuperar os pormenores da ação; eis aqui seu plano, tal como agora meu esquecimento o empobrece (tal como agora o purifica). Há um indecifrável assassinato nas páginas iniciais, uma lenta discussão nas intermediárias, uma solução nas últimas.

Uma vez esclarecido o enigma, há um parágrafo longo e retrospectivo que contém esta frase: "Todos acreditaram que o encontro dos dois jogadores de xadrez tinha sido casual". Essa frase dá a entender que a solução é errônea. O leitor, inquieto, revê os capítulos pertinentes e descobre outra solução, que é a verdadeira. O leitor desse livro singular é mais perspicaz que o detetive.

Ainda mais heterodoxo é o "romance regressivo, ramificado" *April March*, cuja terceira (e única) parte é de 1936. Ninguém, ao julgar esse romance, recusa-se a descobrir que é um jogo; é lícito recordar que o autor nunca o considerou outra coisa. "Eu reivindico para essa obra", escutei-o dizer, "os traços essenciais de todo jogo: a simetria, as leis arbitrárias, o tédio." Até o nome é um frouxo *calembour*: não significa *Marcha de abril*, mas literalmente *Abril março*. Alguém percebeu em suas páginas um eco das doutrinas de Dunne; o prólogo de Quain prefere evocar o mundo invertido de Bradley, no qual a morte precede o nascimento, a cicatriz a ferida e a ferida o golpe (*Appearance and Reality*, 1897, página 215).[1] Os mundos que propõe *April March* não são regressivos; é a maneira de historiá-los que o é. Regressiva e ramifi-

[1] Pobre erudição de Herbert Quain, pobre página 215 de um livro de 1897. Um interlocutor do *Político*, de Platão, já descrevera uma regressão parecida: a dos Filhos da Terra ou Autóctones que, submetidos à influência de uma rotação inversa do cosmos, passaram da velhice à maturidade, da maturidade à infância, da infância ao desaparecimento e ao nada. Também Teopompo, em sua *Filípica*, fala de certas frutas boreais que originam em quem as come o mesmo processo retrógrado... Mais interessante é imaginar uma inversão do Tempo: um estado em que recordássemos o futuro e ignorássemos ou mal pressentíssemos o passado. Cf. o canto X do *Inferno*, versos 97-102, onde são comparadas a visão profética e a presbiopia.

cada, como eu já disse. Treze capítulos compõem a obra.
O primeiro relata o ambíguo diálogo de dois desconhecidos na plataforma de uma estação. O segundo narra os
acontecimentos da véspera do primeiro. O terceiro, também retrógrado, narra os acontecimentos de *outra* possível véspera do primeiro; o quarto, os de outra. Cada uma
dessas três vésperas (que rigorosamente se excluem) se
ramifica noutras três vésperas, de índole muito diversa.
A obra total consta, pois, de nove romances; cada romance, de três longos capítulos. (O primeiro é comum a todos
eles, naturalmente.) Desses romances, um é de caráter
simbólico; outro, sobrenatural; outro, policial; outro, psicológico; outro, comunista; outro, anticomunista etc. Talvez um esquema ajude a entender a estrutura.

$$z \begin{cases} y_1 \begin{cases} x_1 \\ x_2 \\ x_3 \end{cases} \\ \\ y_2 \begin{cases} x_4 \\ x_5 \\ x_6 \end{cases} \\ \\ y_3 \begin{cases} x_7 \\ x_8 \\ x_9 \end{cases} \end{cases}$$

Dessa estrutura cabe repetir o que Schopenhauer declarou das doze categorias kantianas: sacrifica tudo a um
furor simétrico. Como era de prever, alguma das nove narrativas é indigna de Quain; a melhor não é a que ele ori-

ginariamente ideou, a x_4; é a de natureza fantástica, a x_9.
Outras são prejudicadas por brincadeiras desmilinguidas e
por pseudoprecisões inúteis. Aqueles que as leem em ordem
cronológica (*verbi gratia*: x_3, y_1, z) perdem o sabor peculiar
do estranho livro. Duas narrativas — a x_7, a x_8 — carecem
de valor individual; a justaposição lhes confere eficácia...
Não sei se devo recordar que, já publicado *April March*,
Quain se arrependeu da ordem ternária e predisse que as
pessoas que o imitassem optariam pela binária

$$z \begin{cases} y_1 \begin{cases} x_1 \\ x_2 \end{cases} \\ y_2 \begin{cases} x_3 \\ x_4 \end{cases} \end{cases}$$

e os demiurgos e os deuses pelo infinito: infinitas histó-
rias, infinitamente ramificadas.

Muito diversa, mas também retrospectiva, é a comédia
heroica em dois atos *The Secret Mirror*. Nas obras já rese-
nhadas, a complexidade formal tinha embotado a imaginação do autor; aqui, sua evolução é mais livre. O primeiro
ato (o mais extenso) se passa na casa de campo do general
Thrale, CIE, perto de Melton Mowbray. O invisível centro da trama é miss Ulrica Thrale, a filha mais velha do
general. Através de um certo diálogo nós a entrevemos,
amazona e altiva; suspeitamos que não costuma visitar a
literatura; os jornais anunciam seu noivado com o duque
de Rutland; os jornais desmentem o noivado. É venerada

por um autor dramático, Wilfred Quarles; certa vez ela lhe concedeu um beijo distraído. Os personagens são de vasta fortuna e nobreza de sangue; os afetos, elevados ainda que veementes; o diálogo parece vacilar entre a mera vaniloquência de Bulwer-Lytton e os epigramas de Wilde ou de mr. Philip Guedalla. Há um rouxinol e uma noite; há um duelo secreto num terraço. (Há uma curiosa contradição, há pormenores sórdidos, quase totalmente imperceptíveis.) Os personagens do primeiro ato reaparecem no segundo — com outros nomes. O "autor dramático" Wilfred Quarles é um corretor de Liverpool; seu verdadeiro nome é John William Quigley. Miss Thrale existe; Quigley nunca a viu, mas morbidamente coleciona retratos dela do *Tatler* ou do *Sketch*. Quigley é o autor do primeiro ato. A inverossímil ou improvável "casa de campo" é a pensão judeo-irlandesa em que vive, transfigurada e magnificada por ele... A trama dos atos é paralela, mas no segundo tudo é ligeiramente horrível, tudo se adia ou se frustra. Quando *The Secret Mirror* estreou, a crítica pronunciou os nomes de Freud e de Julian Green. A menção do primeiro me parece totalmente injustificada.

Correu a fama de que *The Secret Mirror* era uma comédia freudiana; essa interpretação propícia (e falaz) determinou seu êxito. Infelizmente, já Quain tinha completado os quarenta anos; estava aclimatado ao fracasso e não se resignava com doçura a uma mudança de regime. Resolveu ir à forra. No final de 1939 publicou *Statements*: talvez o mais original de seus livros, sem dúvida o menos elogiado e o mais secreto. Quain costumava argumentar que os leitores eram uma espécie já extinta. "Não há europeu [pensava] que não seja um escritor, em potência ou em ato." Afirmava também que, das diversas felicidades que a literatura pode ministrar, a mais alta seria a invenção. Uma vez que nem todos são capazes dessa felicidade, muitos teriam de se contentar com simulacros. Para esses "escritores imperfeitos", cujo nome é legião, Quain redigiu as oito narrativas do livro *Statements*. Cada uma delas prefigura ou promete um bom argumento, voluntariamente frustrado pelo autor. Uma — não a melhor — insinua *dois* argumentos. O leitor, distraído pela vaidade, crê que os inventou. Do terceiro, *The Rose of Yesterday*, eu cometi a ingenuidade de extrair "As ruínas circulares", que é uma das narrativas do livro *O jardim de veredas que se bifurcam*.

1941

a biblioteca
de babel

By this art you may contemplate the variation of the 23 letters...
The Anatomy of Melancholy, *part 2, sect. II, mem. IV*

O universo (que outros chamam a Biblioteca) é composto de um número indefinido, e talvez infinito, de galerias hexagonais, com vastos poços de ventilação no meio, cercados por balaustradas baixíssimas. De qualquer hexágono, veem-se os andares inferiores e superiores: interminavelmente. A distribuição das galerias é invariável. Vinte prateleiras, com cinco longas prateleiras por lado, cobrem todos os lados menos dois; sua altura, que é a dos andares, mal ultrapassa a de um bibliotecário normal. Uma das faces livres dá para um corredor apertado, que desemboca noutra galeria, idêntica à primeira e a todas. À esquerda e à direita do corredor há dois gabinetes minúsculos. Um permite dormir em pé; o outro, satisfazer as necessidades finais. Por aí passa a escada espiral, que se abisma e se eleva rumo ao mais remoto. No corredor há um espelho, que fielmente duplica as aparências. Os homens costumam inferir desse espelho que a Biblioteca não é infinita (se o fosse realmente, para que essa duplicação ilusória?); eu prefiro sonhar que as superfícies polidas figuram e prometem o infinito... A luz procede de umas frutas esféricas que levam o nome de lâmpadas. Há duas em cada hexágono: transversais. A luz que emitem é insuficiente, incessante.

Como todos os homens da Biblioteca, viajei em minha mocidade; peregrinei em busca de um livro, talvez o catálogo dos catálogos; agora que meus olhos quase não podem decifrar o que escrevo, preparo-me para morrer a umas poucas léguas do hexágono onde nasci. Morto, não faltarão mãos piedosas que me atirem pela balaustrada; minha sepultura será o ar insondável; meu corpo afundará longamente e se corromperá e dissolverá no vento gerado pela queda, que é infinita. Eu afirmo que a Biblioteca é interminável. Os idealistas argúem que as salas hexagonais são uma forma necessária do espaço absoluto ou, pelo menos, de nossa intuição do espaço. Argumentam que é inconcebível uma sala triangular ou pentagonal. (Os místicos pretendem que o êxtase lhes revele uma câmara circular com um grande livro circular de lombada contínua, que dá toda a volta das paredes; seu testemunho é, porém, suspeito; suas palavras, obscuras. Esse livro cíclico é Deus.) Por enquanto, parece-me suficiente repetir o ditame clássico: "A Biblioteca é uma esfera cujo verdadeiro centro é qualquer hexágono e cuja circunferência é inacessível".

A cada um dos muros de cada hexágono correspondem cinco prateleiras; cada prateleira contém trinta e dois livros de formato uniforme; cada livro tem quatrocentas e dez páginas; cada página, quarenta linhas; cada linha, umas oitenta letras de cor negra. Também há letras no dorso de cada livro; essas letras não indicam ou prefiguram o que dirão as páginas. Sei que uma vez ou outra essa inconexão pareceu misteriosa. Antes de resumir a solução (cuja descoberta, apesar de suas trágicas projeções, é talvez o fato capital da história), quero rememorar alguns axiomas.

O primeiro: a Biblioteca existe *ab aeterno*. Dessa verdade cujo corolário imediato é a eternidade futura do mundo, nenhuma mente razoável pode duvidar. O homem, o bibliotecário imperfeito, pode ser obra do acaso ou de demiurgos malévolos; o universo, com sua elegante provisão de prateleiras, de tomos enigmáticos, de incansáveis escadas para o viajante e de latrinas para o bibliotecário sentado, somente pode ser obra de um deus. Para perceber a distância que existe entre o divino e o humano, basta comparar estes rudes símbolos trêmulos que minha mão falível rabisca na capa de um livro, com as letras orgânicas do interior: pontuais, delicadas, negríssimas, inimitavelmente simétricas.

O segundo: o número de símbolos ortográficos é vinte e cinco.[1] Essa constatação permitiu, há trezentos anos, formular uma teoria geral da Biblioteca e resolver satisfatoriamente o problema que nenhuma conjectura tinha decifrado: a natureza informe e caótica de quase todos os livros. Um, que meu pai viu num hexágono do circuito quinze noventa e quatro, constava das letras M C V perversamente repetidas desde a primeira linha até a última. Outro (muito consultado nesta zona) é um mero labirinto de letras, mas a penúltima página diz: "Oh tempo tuas pirâmides". Já se sabe: por uma linha razoável ou uma informação correta há léguas de insensatas cacofonias, de

1 O manuscrito original não contém algarismos ou maiúsculas. A pontuação foi limitada à vírgula e ao ponto. Esses dois signos, o espaço e as vinte e duas letras do alfabeto são os vinte e cinco símbolos suficientes que o desconhecido enumera. (Nota do Editor)

mixórdias verbais e de incoerências. (Eu sei de uma região agreste cujos bibliotecários repudiam o supersticioso e vão costume de procurar sentido nos livros e equiparam isso à busca do sentido nos sonhos ou nas linhas caóticas das mãos... Admitem que os inventores da escrita imitaram os vinte e cinco símbolos naturais, mas sustentam que essa aplicação é casual e que os livros nada significam em si mesmos. Esse juízo, já veremos, não é de todo falaz.)

Durante muito tempo acreditou-se que esses livros impenetráveis correspondessem a línguas pretéritas ou remotas. É verdade que os homens mais antigos, os primeiros bibliotecários, usavam uma linguagem bem diferente da que falamos agora; é verdade que algumas milhas à direita a língua é dialetal e que, noventa andares mais acima, é incompreensível. Tudo isso, volto a dizer, é verdade, mas quatrocentas e dez páginas de inalteráveis M C V não podem corresponder a idioma algum, por dialetal ou rudimentar que seja. Houve quem insinuasse que cada letra podia influir na subsequente e que o valor de M C V na terceira linha da página 71 não era o que a mesma série pode ter noutra posição de outra página, mas essa vaga tese não prosperou. Outros pensaram em criptografias; universalmente essa conjectura foi aceita, embora não no sentido em que seus inventores a formularam.

Faz quinhentos anos, o chefe de um hexágono superior[2] deu com um livro tão confuso quanto os demais, que tinha,

---

2 Antes, a cada três hexágonos havia um homem. O suicídio e as doenças pulmonares destruíram essa proporção. Lembrança de indizível melancolia: por vezes viajei muitas noites por corredores e escadas polidas sem encontrar um único bibliotecário.

72

porém, quase duas folhas de linhas homogêneas. Mostrou seu achado a um decifrador ambulante, que lhe disse que estavam redigidas em português; outros lhe disseram que em iídiche. Antes de um século puderam estabelecer o idioma: um dialeto samoiedo-lituano do guarani, com inflexões de árabe clássico. Também se decifrou o conteúdo: noções de análise combinatória, ilustradas por exemplos de variações com repetição ilimitada. Esses exemplos permitiram que um bibliotecário de gênio descobrisse a lei fundamental da Biblioteca. Esse pensador observou que todos os livros, por diversos que sejam, constam de elementos iguais: o espaço, o ponto, a vírgula, as vinte e duas letras do alfabeto. Também alegou um fato que todos os viajantes confirmaram: "Não há, na vasta Biblioteca, dois livros idênticos". Dessas premissas irrefutáveis deduziu que a Biblioteca é total e que suas prateleiras registram todas as possíveis combinações dos vinte e tantos símbolos ortográficos (número, ainda que vastíssimo, não infinito), ou seja, tudo o que é dado expressar: em todos os idiomas. Tudo: a história minuciosa do futuro, as autobiografias dos arcanjos, o catálogo fiel da Biblioteca, milhares e milhares de catálogos falsos, a demonstração da falácia desses catálogos, a demonstração da falácia do catálogo verdadeiro, o evangelho gnóstico de Basílides, o comentário desse evangelho, o comentário do comentário desse evangelho, o relato verídico da tua morte, a versão de cada livro em todas as línguas, as interpolações de cada livro em todos os livros, o tratado que Beda pôde escrever (e não escreveu) sobre a mitologia dos saxões, os livros perdidos de Tácito.

Quando se proclamou que a Biblioteca abrangia todos os livros, a primeira impressão foi de extravagante felicidade. Todos os homens se sentiram senhores de um tesouro intacto e secreto. Não havia problema pessoal ou mundial cuja eloquente solução não existisse: em algum hexágono. O universo estava justificado, o universo bruscamente usurpou as dimensões ilimitadas da esperança. Naquele tempo falou-se muito das Vindicações: livros de apologia e profecia, que justificavam para sempre os atos de cada homem do universo e guardavam arcanos prodigiosos para seu futuro. Milhares de cobiçosos abandonaram o doce hexágono natal e se lançaram escadas acima, instados pelo vão propósito de encontrar sua Vindicação. Esses peregrinos digladiavam-se nos corredores estreitos, proferiam obscuras maldições, estrangulavam-se nas escadas divinas, atiravam os livros enganosos no fundo dos túneis, morriam precipitados pelos homens de regiões remotas. Outros enlouqueceram... As Vindicações existem (eu vi duas referentes a pessoas do futuro, a pessoas talvez não imaginárias), mas os que procuravam não lembravam que a possibilidade de um homem encontrar a sua, ou alguma pérfida variação da sua, é computável em zero.

Também se esperou então o esclarecimento dos mistérios básicos da humanidade: a origem da Biblioteca e do tempo. É verossímil que esses graves mistérios possam ser explicados em palavras: se a linguagem dos filósofos não bastar, a multiforme Biblioteca produzirá o idioma inaudito que for necessário e os vocabulários e gramáticas desse idioma. Faz já quatro séculos que os homens exaurem os hexágonos... Há os que procuram oficialmente: os *inquisidores.* Eu os vi desempenhando sua função: chegam sempre exaustos; falam de uma escada sem degraus que quase os matou; falam de galerias e de escadas com o bibliotecário; de vez em quando, tomam o livro mais próximo e o folheiam, em busca de palavras infames. Visivelmente, ninguém espera descobrir nada.

À desmedida esperança, sucedeu, como é natural, uma depressão excessiva. A certeza de que alguma prateleira em algum hexágono encerrava livros preciosos e de que esses livros preciosos eram inacessíveis, pareceu quase intolerável. Uma seita blasfema sugeriu que as buscas cessassem e que todos os homens baralhassem letras e símbolos, até construir, mediante uma improvável dádiva do acaso, esses livros canônicos. As autoridades se viram obrigadas a promulgar ordens severas. A seita desapareceu, mas na minha infância vi homens velhos que se ocultavam longamente nas latrinas, com uns discos de metal num copinho proibido, e fragilmente remedavam a desordem divina.

Outros, inversamente, acreditaram que o primordial era eliminar as obras inúteis. Invadiam os hexágonos, exibiam credenciais nem sempre falsas, folheavam com enfado um volume e condenavam estantes inteiras: a seu furor higiênico, ascético, deve-se a insensata perda de milhares de livros. O nome deles é execrado, mas os que deploram os "tesouros" que aquele frenesi destruiu, negligenciam dois fatos notórios. Primeiro: a Biblioteca é tão enorme que toda redução de origem humana acaba sendo infinitesimal. Segundo: cada exemplar é único, insubstituível, mas (como a Biblioteca é total) há sempre várias centenas de milhares de fac-símiles imperfeitos: de obras que não diferem entre si a não ser por uma letra ou por uma vírgula. Contra a opinião geral, atrevo-me a supor que as consequências das depredações cometidas pelos Purificadores foram exageradas pelo horror que esses fanáticos provocaram. Impelia-os o delírio de conquistar os livros do Hexágono Carmesim: livros de formato menor que os naturais; onipotentes, ilustrados e mágicos.

Também sabemos de outra superstição daquele tempo: a do Homem do Livro. Em alguma prateleira de algum hexágono (pensaram os homens) deve existir um livro que seja a chave e o compêndio perfeito *de todos os demais*: algum bibliotecário o percorreu e é análogo a um deus. Na linguagem desta zona persistem ainda vestígios do culto desse funcionário remoto. Muitos peregrinaram em busca d'Ele. Durante um século cansaram de buscar em vão nas mais diversas direções. Como localizar o venerado hexágono secreto que o hospedava? Alguém propôs um método regressivo: para localizar o livro A, consultar previamente um livro B que indique o lugar de A; para localizar o livro B, consultar previamente um livro C, e assim até o infinito... Em aventuras como essas, fui pródigo em consumir meus anos. Não me parece inverossímil que em alguma prateleira do universo haja um livro total;[3] rogo aos deuses ignorados que um homem — um só, ainda que seja há mil anos! — o tenha examinado e lido. Se a honra e a sabedoria e a felicidade não são para mim, que sejam para outros. Que o céu exista, embora meu lugar seja o inferno. Que eu seja ultrajado e aniquilado, mas que num instante, num ser, Tua enorme Biblioteca se justifique.

3 Volto a dizer: basta que um livro seja possível para que exista. Somente fica excluído o impossível. Por exemplo: nenhum livro é também uma escada, embora sem dúvida haja livros que discutem e negam e demonstram essa possibilidade e outros cuja estrutura corresponde à de uma escada.

Afirmam os ímpios que o disparate é normal na Biblioteca e que o razoável (e mesmo a humilde e pura coerência) é uma quase milagrosa exceção. Falam (eu o sei) da "Biblioteca febril, cujos volumes fortuitos correm o incessante risco de se transformar em outros e que afirmam, negam e confundem tudo como uma divindade que delira". Essas palavras que não só denunciam a desordem, mas também a exemplificam, notoriamente provam seu péssimo gosto e sua desesperada ignorância. Com efeito, a Biblioteca inclui todas as estruturas verbais, todas as variações que os vinte e cinco símbolos ortográficos permitem, mas nem um só disparate absoluto. Inútil observar que o melhor volume dos muitos hexágonos que administro se intitula *Trovão penteado*, e outro *A cãibra de gesso*, e outro ainda *Axaxaxas mlö*. Essas proposições, à primeira vista incoerentes, são passíveis, sem dúvida, de uma justificativa criptográfica ou alegórica; essa justificativa é verbal e, *ex hypothesi*, já figura na Biblioteca. Não posso combinar certos caracteres

dhcmrlchtdj

que a divina Biblioteca não tenha previsto e que em alguma de suas línguas secretas não encerrem um sentido terrível. Ninguém pode articular uma sílaba que não esteja cheia de ternuras e temores; que não seja em alguma dessas linguagens o nome poderoso de um deus. Falar é incorrer em tautologias. Esta epístola inútil e palavrosa já existe num dos trinta volumes das cinco prateleiras de um dos incontáveis hexágonos — e também sua refutação. (Um número *n* de linguagens possíveis usa o mesmo vocabulário; em alguns, o símbolo *biblioteca* admite a correta definição "ubíquo e perdurável sistema de galerias hexagonais", mas *biblioteca* é "pão" ou "pirâmide" ou qualquer outra coisa, e as sete palavras que a definem têm outro valor. Tu, que me lês, estás seguro de entender minha linguagem?)

A escrita metódica me distrai da presente condição dos homens. A certeza de que tudo está escrito nos anula ou faz de nós fantasmas. Conheço distritos em que os jovens se prosternam diante dos livros e beijam com barbárie as páginas, mas não sabem decifrar uma única letra. As epidemias, as discórdias heréticas, as peregrinações que inevitavelmente degeneram em banditismo, dizimaram a população. Creio ter mencionado os suicídios, cada ano mais frequentes. Talvez a velhice e o medo me enganem, mas suspeito que a espécie humana — a única — está em vias de extinção e que a Biblioteca perdurará: iluminada, solitária, infinita, perfeitamente imóvel, armada de volumes preciosos, inútil, incorruptível, secreta.

Acabo de escrever *infinita*. Não introduzi esse adjetivo por um hábito retórico; digo que não é ilógico pensar que o mundo é infinito. Os que o julgam limitado postulam que em lugares remotos os corredores e escadas e hexágonos podem inconcebivelmente cessar — o que é absurdo. Os que o imaginam sem limites esquecem que não é ilimitado o número possível de livros. Eu me atrevo a insinuar esta solução do antigo problema: "A Biblioteca é ilimitada e periódica". Se um viajante eterno a atravessasse em qualquer direção, comprovaria ao cabo de séculos que os mesmos volumes se repetem na mesma desordem (que, repetida, seria uma ordem: a Ordem). Minha solidão se alegra com essa elegante esperança.[4]

Mar del Plata, 1941

---

4 Letizia Álvarez de Toledo observou que a vasta Biblioteca é inútil; a rigor, bastaria *um único volume*, de formato comum, impresso em corpo nove ou dez, que constasse de um número infinito de folhas infinitamente finas. (Cavalieri, em princípios do século XVII, disse que todo corpo sólido é a superposição de um número infinito de planos.) O manuseio desse *vade mecum* sedoso não seria cômodo: cada folha aparente se desdobraria em outras análogas; a inconcebível folha central não teria reverso.

o jardim de veredas que se bifurcam

para Victoria Ocampo

Na página 242 da *História da Guerra Europeia* de Liddell Hart, lê-se que uma ofensiva de treze divisões britânicas (apoiadas por mil e quatrocentas peças de artilharia) contra a linha Serre-Montauban fora planejada para o dia 24 de julho de 1916 e teve de ser adiada até a manhã do dia 29. As chuvas torrenciais (anota o capitão Liddell Hart) provocaram aquela demora — nada significativa, por certo. A declaração que segue, ditada, relida e assinada pelo doutor Yu Tsun, antigo catedrático de inglês na *Hochschule* de Tsingtao, lança uma luz insuspeita sobre o caso. Faltam as duas páginas iniciais.

...e dependurei o fone. Imediatamente depois, reconheci a voz que tinha respondido em alemão. Era a do capitão Richard Madden. Madden, no apartamento de Viktor Runeberg, queria dizer o fim de nossos esforços e — isso parecia, porém, muito secundário, ou era *o que devia me parecer* — também de nossas vidas. Queria dizer que Runeberg havia sido preso, ou assassinado.[1] Antes que o sol desse dia declinasse, eu teria a mesma sorte. Madden era implacável. Melhor dizendo, era obrigado a ser implacável. Irlandês sob as ordens da Inglaterra, homem acusado de tibieza e talvez de traição, como não iria aceitar e agradecer esse milagroso favor: a descoberta, a captura, quem sabe a morte, de dois agentes do Império Alemão? Subi para o meu quarto; absurdamente fechei a porta a chave e me atirei de costas na estreita cama de ferro. Na janela estavam os telhados de sempre e o sol nublado das seis. Pareceu-me incrível que esse dia sem premonições nem símbolos fosse o da minha morte inevitável. Apesar de meu falecido pai, apesar de minha infância passada num jardim simétrico de Hai Feng, eu, agora, ia morrer? Depois refleti que todas as coisas sempre acontecem precisamente a alguém, precisamente agora. Séculos de séculos e só no presente ocorrem os fatos; inumeráveis homens no ar, na terra e no mar, e tudo o que realmente acontece acontece a mim... A quase intolerável lembrança do rosto cavalar de Madden aboliu essas divagações. No meio de meu ódio e de meu terror (agora não me importa falar de terror: agora que enganei Richard Madden, agora que minha garganta anseia pela corda) pensei que esse guerreiro tumultuoso e sem dúvida feliz não suspeitava que eu possuísse o Segredo. O nome do lugar exato do novo parque de artilharia britânico no Ancre. Um pássaro riscou o céu cinza e cegamente eu o

1 Hipótese odiosa e extravagante. O espia prussiano Hans Rabener, aliás, Viktor Runeberg, atacou com uma pistola automática o portador da ordem de prisão, capitão Richard Madden. Este, em defesa própria, causou-lhe ferimentos que determinaram sua morte. (Nota do Editor)

traduzi num aeroplano e esse aeroplano em muitos (no céu francês), aniquilando o parque de artilharia com bombas verticais. Se minha boca, antes que o impacto de uma bala a desfigurasse, pudesse gritar esse nome de modo que o ouvissem na Alemanha... Minha voz humana era muito pobre. Como fazê-la chegar ao ouvido do Chefe? Ao ouvido daquele homem doente e odioso, que nada sabia de Runeberg e de mim a não ser que estávamos em Staffordshire e que em vão esperava notícias nossas em seu árido escritório de Berlim, examinando jornais infinitamente... Disse em voz alta: "Devo fugir". Sem ruído me recompus, num silêncio perfeitamente inútil, como se Madden já estivesse me espreitando. Alguma coisa — talvez a mera ostentação de provar que meus recursos eram nulos — me fez revistar os bolsos. Encontrei o que sabia que ia encontrar. O relógio norte-americano, a corrente de níquel e a moeda quadrangular, o chaveiro com as comprometedoras chaves inúteis do apartamento de Runeberg, a caderneta, uma carta que resolvi destruir imediatamente (e que não destruí), o passaporte falso, uma coroa, dois xelins e alguns *pennies*, o lápis vermelho-azul, o lenço, o revólver com uma bala. Absurdamente o empunhei e sopesei para me dar coragem. Pensei vagamente que um tiro pode ser ouvido muito longe. Em dez minutos meu plano estava maduro. A lista telefônica deu-me o nome da única pessoa capaz de transmitir a notícia: morava num subúrbio de Fenton, a menos de meia hora de trem.

Sou um homem covarde. Agora posso dizê-lo, agora que levei a cabo um plano que ninguém deixaria de qualificar de arriscado. Sei que foi terrível sua execução. Não o fiz pela Alemanha, não. Nada me importa um país bárbaro, que me obrigou à abjeção de ser um espia. Além disso, sei de um homem da Inglaterra — um homem modesto — que para mim não é menos que Goethe. Mais que uma hora não terei falado com ele, mas durante aquela hora ele foi Goethe... Eu o fiz porque sentia que o Chefe tinha em pouca conta os de minha raça — os inumeráveis antepassados que confluíam em mim. Eu queria provar que um amarelo podia salvar os exércitos dele. Além disso, eu tinha de fugir do capitão. Suas mãos e sua voz podiam bater em minha porta a qualquer momento. Vesti-me em silêncio, disse adeus a mim mesmo diante do espelho, desci, esquadrinhei a rua tranquila e saí. A estação não distava muito de casa, mas achei preferível pegar uma condução. Concluí que assim corria menos perigo de ser reconhecido; o fato é que na rua deserta me sentia visível e vulnerável, infinitamente. Recordo que disse ao cocheiro que parasse um pouco antes da entrada central. Desci com lentidão voluntária e quase penosa; ia à aldeia de Ashgrove, mas comprei uma passagem para uma estação mais distante. O trem saía dali a pouquíssimos minutos, às oito e cinquenta. Apressei-me; o próximo sairia às nove e meia. Não havia quase ninguém na plataforma. Percorri os vagões: recordo uns lavradores, uma mulher de luto, um jovem que lia com fervor os *Anais* de Tácito, um soldado ferido e feliz. Os vagões partiram por fim. Um homem que reconheci correu em vão até o limite da plataforma. Era o capitão Richard Madden. Aniquilado, trêmulo, encolhi-me na outra ponta da poltrona, longe da temível vidraça.

Desse aniquilamento passei a uma felicidade quase abjeta. Disse a mim mesmo que meu duelo já estava contratado e que eu ganhara o primeiro assalto, ao enganar, ainda que por quarenta minutos, ainda que por um favor do acaso, o ataque de meu adversário. Concluí que essa vitória mínima prefigurava a vitória total. Concluí que não era mínima, já que, sem essa diferença preciosa que o horário dos trens me concedia, eu estaria na prisão, ou morto. Concluí (não menos sofisticamente) que minha felicidade covarde provava que eu era um homem capaz de levar a cabo a aventura. Dessa fraqueza tirei forças que não me abandonaram. Prevejo que o homem se resignará cada dia mais a empresas mais atrozes; logo não haverá senão guerreiros e bandidos; dou-lhes este conselho: "O executor de uma empresa atroz deve imaginar que já a cumpriu, deve se impor um futuro que seja irrevogável como o passado". Assim procedi, enquanto meus olhos de homem já morto registravam a fluência daquele dia, que era talvez o último, e a difusão da noite. O trem corria com doçura, entre freixos. Parou, quase no meio do campo. Ninguém gritou o nome da estação. "Ashgrove?", perguntei a uns garotos na plataforma. "Ashgrove", responderam. Desci.

Uma lâmpada iluminava a plataforma, mas os rostos dos meninos ficavam na zona de sombra. Um me perguntou: "O senhor vai à casa do doutor Stephen Albert?". Sem aguardar a resposta, outro disse: "A casa fica longe daqui, mas o senhor não vai se perder se pegar esse caminho à esquerda e em cada encruzilhada virar sempre à esquerda". Joguei-lhes uma moeda (a última), desci uns degraus de pedra e entrei no caminho solitário. Este, lentamente, descia. Era de terra, no alto os ramos se confundiam, a lua baixa e circular parecia acompanhar-me.

Por um instante, pensei que Richard Madden tivesse penetrado de algum modo em meu desesperado desígnio.

Logo depois compreendi que isso era impossível. O conselho para sempre virar à esquerda me fez recordar que era esse o procedimento comum para descobrir o pátio central de certos labirintos. Algo entendo de labirintos: não é em vão que sou bisneto daquele Ts'ui Pên que foi governador de Yunnan e renunciou ao poder temporal para escrever um romance que fosse ainda mais populoso que o *Hung Lu Meng* e para edificar um labirinto em que todos os homens se perdessem. Treze anos dedicou ele a esses heterogêneos esforços, mas a mão de um forasteiro o assassinou e seu romance era insensato e ninguém encontrou o labirinto. Sob as árvores inglesas fiquei meditando nesse labirinto perdido: imaginei-o inviolável e perfeito no cume secreto de uma montanha, imaginei-o apagado por arrozais ou debaixo d'água, imaginei-o infinito, não já de quiosques oitavados e de veredas que voltam, mas de rios e províncias e reinos... Pensei num labirinto de labirintos, num sinuoso labirinto crescente que abrangesse o passado e o futuro e implicasse de algum modo os astros. Absorto nessas imagens ilusórias, esqueci meu destino de perseguido. Senti-me, por um tempo indeterminado, senhor da percepção abstrata do mundo. O vago e vivo campo, a lua, os restos da tarde, agiram sobre mim; da mesma forma o declive que eliminava qualquer possibilidade de cansaço. A tarde era íntima, infinita. O caminho descia e se bifurcava, entre as já confusas pradarias. Uma música aguda e como que silábica se aproximava e se afastava no vaivém do vento, enfraquecida pelas folhas e pela distância. Pensei que um homem pode ser inimigo de outros homens, de outros momentos de outros homens, mas não de um país: não de vagalumes, palavras, jardins, cursos de água, poentes.

Cheguei, assim, até um alto portão enferrujado. Por entre as grades decifrei uma alameda e uma espécie de pavilhão. Compreendi, de imediato, duas coisas, a primeira trivial, a segunda quase incrível: a música vinha do pavilhão, a música era chinesa. Por isso, eu a aceitara plenamente, sem prestar atenção nela. Não recordo se havia um sino ou uma campainha ou se chamei batendo palmas. O crepitar da música prosseguiu.

Mas do fundo do âmago da casa uma lanterna se aproximava: uma lanterna que os troncos listravam e de vez em quando anulavam, uma lanterna de papel, que tinha a forma dos tambores e a cor da lua. Um homem alto a trazia. Não vi o rosto dele, porque a luz me cegava. Abriu o portão e disse lentamente no meu idioma:

— Vejo que o piedoso Hsi P'êng se esforça por corrigir minha solidão. Sem dúvida, o senhor deve estar querendo ver meu jardim?

Reconheci o nome de um de nossos cônsules e repeti desconcertado:

— O jardim?

— O jardim de veredas que se bifurcam.

Algo se agitou em minha lembrança e pronunciei com incompreensível tranquilidade:

— O jardim de meu antepassado Ts'ui Pên.

— Seu antepassado? Seu ilustre antepassado? Entre.

A úmida vereda ziguezagueava como as da minha infância. Chegamos a uma biblioteca de livros orientais e ocidentais. Reconheci, encadernados em seda amarela, alguns tomos manuscritos da Enciclopédia Perdida que o Terceiro Imperador da Dinastia Luminosa coordenou e que nunca foram impressos. O disco do gramofone girava junto a uma fênix de bronze. Recordo também um jarrão da família rosa e outro, anterior de muitos séculos, dessa cor azul que nossos artífices copiaram dos oleiros da Pérsia...

Stephen Albert me observava, sorrindo. Era (já o disse) muito alto, de traços afilados, de olhos cinza e barba cinza. Havia nele algo de sacerdote e também de marinheiro; depois me relatou que tinha sido missionário em Tientsin "antes de aspirar a sinólogo".

Sentamo-nos; eu num divã comprido e baixo; ele de costas para a janela e para um alto relógio circular. Calculei que antes de uma hora não chegaria meu perseguidor, Richard Madden. Minha determinação irrevogável podia esperar.

— Destino assombroso o de Ts'ui Pên — disse Stephen Albert. — Governador de sua província natal, doutor em astronomia, em astrologia e na interpretação incansável dos livros canônicos, enxadrista, poeta e calígrafo: abandonou tudo para compor um livro e um labirinto. Renunciou aos prazeres da opressão, da justiça, do numeroso leito, dos banquetes e mesmo da erudição e se enclausurou durante treze anos no Pavilhão da Límpida Solitude. Após sua morte, os herdeiros não encontraram senão manuscritos caóticos. A família, como o senhor talvez não ignore, quis adjudicá-los ao fogo; mas seu testamenteiro, um monge taoísta ou budista, insistiu na publicação.

— Nós do sangue de Ts'ui Pên — repliquei — continuamos execrando esse monge. Essa publicação foi insensata. O livro é um acervo indeciso de rascunhos contraditórios. Examinei-o certa vez; no terceiro capítulo morre o herói, no quarto está vivo. Quanto à outra empresa de Ts'ui Pên, ao seu Labirinto...

— Aqui está o Labirinto — disse, indicando-me uma alta escrivaninha laqueada.

— Um labirinto de marfim! — exclamei. — Um labirinto mínimo...

— Um labirinto de símbolos — corrigiu. — Um invisível labirinto de tempo. Coube a mim, bárbaro inglês, revelar esse mistério diáfano. Depois de mais de cem anos, os pormenores são irrecuperáveis, mas não é difícil conjecturar o que aconteceu. Ts'ui Pên teria dito certa vez: "Retiro-me para escrever um livro". E outra: "Retiro-me para construir um labirinto". Todos imaginaram duas obras; ninguém pensou que livro e labirinto eram um único objeto. O Pavilhão da Límpida Solitude erguia-se no centro de um jardim talvez inextricável; o fato pode ter sugerido aos homens um labirinto físico. Ts'ui Pên morreu; ninguém, nas dilatadas terras que foram suas, deu com o labirinto; a confusão do romance me sugeriu que esse era o labirinto. Duas circunstâncias deram-me a reta solução do problema. Uma: a curiosa lenda de que Ts'ui Pên tinha se proposto um labirinto que fosse estritamente infinito. A outra: um fragmento de uma carta que descobri.

Albert levantou-se. Deu-me, por alguns instantes, as costas; abriu uma gaveta da escrivaninha dourada e enegrecida. Voltou com um papel antes carmesim, agora de um rosado tênue e quadriculado. Era justo o renome caligráfico de Ts'ui Pên. Li com incompreensão e fervor estas palavras que com minucioso pincel um homem de meu sangue redigiu: "Deixo aos vários futuros (não a todos) meu jardim de veredas que se bifurcam". Devolvi em silêncio a folha. Albert prosseguiu:

— Antes de exumar esta carta, eu tinha me perguntado de que modo um livro pode ser infinito. Não conjecturei nenhum outro procedimento a não ser o de um volume cíclico, circular. Um volume cuja última página fosse idêntica à primeira, com possibilidade de continuar indefinidamente. Recordei também aquela noite que está no centro d'*As mil e uma noites*, quando a rainha Xerazade (por uma mágica distração do copista) começa a relatar textualmente a história d'*As mil e uma noites*, com o risco de chegar outra vez à noite em que ela a relata, e assim até o infinito. Imaginei também uma obra platônica, hereditária, transmitida de pai para filho, à qual cada novo indivíduo acrescentasse um capítulo ou corrigisse com piedoso cuidado a página de seus ancestrais. As conjecturas distraíram-me; mas nenhuma parecia corresponder, nem sequer de um modo remoto, aos contraditórios capítulos de Ts'ui Pên. Em meio a essa perplexidade, remeteram-me de Oxford o manuscrito que o senhor examinou. Detive-me, como é natural, na frase: "Deixo aos vários futuros (não a todos) meu jardim de veredas que se bifurcam". Compreendi quase imediatamente; "o jardim de veredas que se bifurcam" era o romance caótico; a frase "vários futuros (não a todos)" me sugeriu a imagem da bifurcação no tempo, não no espaço. A releitura geral da obra confirmou essa teoria. Em todas as ficções, cada vez que um homem se defronta com diversas alternativas, opta por uma e elimina as demais; na do quase inextricável Ts'ui Pên, opta, simultaneamente, por todas. *Cria*, assim, diversos futuros, diversos tempos, que também proliferam e se bifurcam. Daí as contradições do romance. Fang, digamos, tem um segredo; um desconhecido chama à sua porta; Fang resolve matá-lo. Naturalmente, há vários desenlaces possíveis: Fang pode matar o intruso, o intruso pode matar Fang, ambos podem se salvar, ambos podem morrer etc. Na obra de Ts'ui Pên, todos os desenlaces acontecem; cada um é o ponto de partida de outras bifurcações. De vez em quando, as veredas desse labirinto convergem; por exemplo, o senhor chega a esta casa, mas num dos passados possíveis o senhor é meu inimigo, noutro é meu amigo. Se o senhor se resignar à minha pronúncia incurável, leremos algumas páginas.

O rosto dele, no vívido círculo da lâmpada, era sem dúvida o de um ancião, mas com algo de inquebrantável e até de imortal. Leu com lenta precisão duas redações de um mesmo capítulo épico. Na primeira, um exército caminha rumo a uma batalha através de uma montanha deserta; o horror das pedras e da sombra leva-o a menosprezar a vida e obtém com facilidade a vitória; na segunda, o mesmo exército atravessa um palácio em que há uma festa; a resplandecente batalha lhes parece uma continuação da festa e alcançam a vitória. Eu escutava com honesta veneração essas velhas ficções, talvez menos admiráveis que o fato de terem sido imaginadas por gente de meu sangue e a mim restituídas por um homem de um império remoto, no curso de uma desesperada aventura, numa ilha ocidental. Recordo as palavras finais, repetidas em cada redação como um mandamento secreto: "Assim combateram os heróis, tranquilo o admirável coração, violenta a espada, resignados a matar e a morrer".

Desde aquele instante, senti ao meu redor e em meu corpo obscuro uma invisível, intangível pululação. Não a pululação dos exércitos divergentes, paralelos e afinal coalescentes, mas uma agitação mais inacessível, mais íntima, e que eles de algum modo prefiguravam. Stephen Albert prosseguiu:

— Não creio que seu ilustre antepassado brincasse ociosamente com as variantes. Não julgo verossímil que sacrificasse treze anos à infinita execução de um experimento retórico. Em seu país, o romance é um gênero subalterno; naquele tempo era um gênero desprezível. Ts'ui Pên foi um romancista genial, mas também foi um homem de letras que sem dúvida não se considerou um mero romancista. O testemunho dos contemporâneos proclama, e a vida dele confirma suficientemente, suas inclinações metafísicas, místicas. A controvérsia filosófica usurpa boa parte de seu romance. Sei que, de todos os problemas, nenhum o inquietou nem o afligiu como o problema abissal do tempo. Pois bem, esse é o *único* problema que não aparece nas páginas do *Jardim*. Nem mesmo usa a palavra que quer dizer "tempo". Como se explica, para o senhor, essa voluntária omissão?

Propus várias soluções; todas, insuficientes. Nós as discutimos; por fim, Stephen Albert me disse:

— Numa adivinha cujo tema é o xadrez, qual é a única palavra proibida?

Refleti um momento e retruquei:

— A palavra *xadrez*.

— Precisamente — disse Albert —, *O jardim de veredas que se bifurcam* é uma enorme adivinha, ou parábola, cujo tema é o tempo; essa causa recôndita proíbe a menção de seu nome. Omitir *sempre* uma palavra, recorrer a metáforas ineptas e a perífrases evidentes, é talvez o modo mais enfático de indicá-la. É o modo tortuoso que preferiu, em cada um dos meandros de seu infatigável romance, o oblíquo Ts'ui Pên. Confrontei centenas de manuscritos, corrigi os erros que a negligência dos copistas introduziu, conjecturei o plano daquele caos, restabeleci, acredito ter restabelecido, a ordem primordial, traduzi a obra inteira: ao que me consta, ele não emprega uma só vez a palavra *tempo*. A explicação é óbvia: *O jardim de veredas que se bifurcam* é uma imagem incompleta, mas não falsa, do universo tal como Ts'ui Pên o concebia. Diferentemente de Newton e de Schopenhauer, seu antepassado não acreditava num tempo uniforme, absoluto. Acreditava em infinitas séries de tempos, numa rede crescente e vertiginosa de tempos divergentes, convergentes e paralelos. Essa trama de tempos que se aproximam, se bifurcam, se cortam ou que secularmente se ignoram, abrange *todas* as possibilidades. Não existimos na maioria desses tempos; em alguns existe o senhor e não eu; noutros, eu, não o senhor; noutros, os dois. Neste, que favorável acaso me depara, o senhor chegou a minha casa; noutro, o senhor, ao atravessar o jardim, encontrou-me morto; noutro, eu digo estas mesmas palavras, mas sou um erro, um fantasma.

— Em todos — articulei não sem um certo tremor — eu agradeço e venero sua recriação do jardim de Ts'ui Pên.

— Não em todos — murmurou com um sorriso. — O tempo se bifurca perpetuamente rumo a inumeráveis futuros. Num deles sou seu inimigo.

Voltei a sentir aquela pululação de que falei. Pareceu-me que o úmido jardim que rodeava a casa estava saturado até o infinito de pessoas invisíveis. Essas pessoas eram

Albert e eu, secretos, atarefados e multiformes noutras dimensões de tempo. Alcei os olhos e o tênue pesadelo se dissipou. No jardim amarelo e preto havia um único homem; mas aquele homem era forte como uma estátua, mas aquele homem avançava pela vereda e era o capitão Richard Madden.

— O futuro já existe — respondi —, mas eu sou seu amigo. Poderia examinar de novo a carta?

Albert levantou-se. Alto, abriu a gaveta da alta escrivaninha; deu-me as costas por um momento. Eu tinha preparado o revólver. Disparei com sumo cuidado: Albert desabou sem nenhuma queixa, imediatamente. Eu juro que sua morte foi instantânea: fulminante.

O resto é irreal, insignificante. Madden irrompeu, prendeu-me. Fui condenado à forca. Abominavelmente, venci: informei a Berlim o nome secreto da cidade que deviam atacar. Ontem a bombardearam; foi o que li nos mesmos jornais que propuseram à Inglaterra o enigma da morte do sábio sinólogo Stephen Albert, assassinado por um desconhecido, Yu Tsun. O Chefe decifrou o enigma. Ele sabe que meu problema era indicar (através do estrépito da guerra) a cidade que se chama Albert e que não encontrei outro meio a não ser matar uma pessoa com esse nome. Não sabe (ninguém pode saber) de meu cansaço e inumerável contrição.

artifícios (1944)

prólogo

Embora de execução menos tosca, as peças deste livro não diferem das que formam o anterior. Duas, talvez, permitam uma referência mais detida: "A morte e a bússola", "Funes, o memorioso". A segunda é uma longa metáfora da insônia. A primeira, em que pesem os nomes alemães ou escandinavos, acontece numa Buenos Aires de sonho: a tortuosa Rue de Toulon é o Paseo de Julio; Triste-le-Roy, o hotel onde Herbert Ashe recebeu, e provavelmente não leu, o décimo primeiro tomo de uma enciclopédia ilusória. Já redigida essa ficção, pensei na conveniência de amplificar o tempo e o espaço que ela abrange: a vingança poderia ser herdada; os prazos poderiam ser computados em anos, quem sabe em séculos; a primeira letra do Nome poderia ser articulada na Islândia; a segunda, no México; a terceira, no Industão. Devo acrescentar que os hassidim incluíram santos e que o sacrifício de quatro vidas para obter as quatro letras que o Nome exige é uma fantasia que a forma de meu conto me ditou?

Pós-escrito de 1956. Juntei três contos à série: "O Sul", "A seita da Fênix", "O fim". Afora um personagem — Recabarren — cuja imobilidade e passividade servem de contraste, nada ou quase nada é invenção minha no decurso breve do último; tudo o que há nele está implícito num livro famoso e fui o primeiro a desentranhá-lo ou, pelo menos, a declará-lo. Na alegoria da Fênix me impus o problema de sugerir um fato comum — o Segredo — de uma maneira vacilante e gradual que acabasse sendo, por fim, inequívoca; não sei até onde a boa fortuna me acompanhou. Sobre "O Sul", que é talvez meu melhor conto, parece-me suficiente prevenir que é possível lê-lo como narração direta de fatos novelescos e também de outro modo.

Schopenhauer, De Quincey, Stevenson, Mauthner, Shaw, Chesterton, Léon Bloy formam a lista heterogênea dos autores que continuamente releio. Na fantasia cristológica intitulada "Três versões de Judas", creio perceber a remota influência do último.

J.L.B.
Buenos Aires, 29 de agosto de 1944

funes,
o memorioso

Recordo-me dele (eu não tenho o direito de pronunciar esse verbo sagrado, só um homem na Terra teve esse direito e esse homem morreu) segurando uma sombria flor-da-paixão, vendo-a como ninguém a viu, ainda que a olhasse do crepúsculo do dia até o da noite, por toda uma vida inteira. Recordo-me dele, a cara de índio taciturna e singularmente remota, atrás do cigarro. Recordo (creio) suas mãos afiladas de trançador. Recordo, perto daquelas mãos, uma cuia de mate, com as armas da Banda Oriental;* recordo na janela da casa uma esteira amarela, com uma vaga paisagem lacustre. Recordo claramente a voz dele; a voz pausada, ressentida e nasal do suburbano antigo, sem os sibilos italianos de agora. Mais que três vezes não o vi; a última, em 1887... Parece-me muito feliz o projeto de escreverem sobre ele todos os que o conheceram; meu testemunho será talvez o mais breve e sem dúvida o mais pobre, mas não o menos imparcial do volume que os senhores editarão. Minha deplorável condição de argentino me impedirá de incorrer no ditirambo — gênero

* Assim os argentinos costumam denominar a República Oriental do Uruguai.

obrigatório no Uruguai, quando o tema é um uruguaio. *Literato, metido, portenho*; Funes não disse essas palavras injuriosas, mas sei perfeitamente que para ele eu representava essas desventuras. Pedro Leandro Ipuche escreveu que Funes era um precursor dos super-homens, "um Zaratustra xucro e vernáculo"; não o discuto, mas é preciso não esquecer que era também um *compadrito* de Fray Bentos, com certas incuráveis limitações.

Minha primeira lembrança de Funes é muito nítida. Vejo-o num entardecer de março ou fevereiro do ano 84. Meu pai, naquele ano, havia me levado para veranear em Fray Bentos. Eu voltava com meu primo Bernardo Haedo da estância de São Francisco. Voltávamos cantando, a cavalo, e essa não era a única razão da minha felicidade. Depois de um dia sufocante, uma enorme tormenta cor de ardósia encobrira o céu. Insuflava-a o vento do Sul, já enlouquecendo as árvores; eu tinha medo (esperança) de que fôssemos surpreendidos pelo aguaceiro num descampado. Apostamos uma espécie de corrida com o temporal. Entramos num beco que afundava entre duas calçadas de tijolo altíssimas. Escurecera de repente; ouvi passos rápidos e quase secretos no alto; alcei os olhos e vi um rapaz que corria pela calçada estreita e arruinada como por uma parede estreita e arruinada. Recordo a bombacha, as alpargatas, recordo o cigarro no duro rosto, contra o nuvarrão já sem limites. Bernardo gritou para ele inopinadamente: "Que horas são, Ireneo?". Sem consultar o céu, sem se deter, o outro respondeu: "Faltam quatro minutos para as oito, jovem Bernardo Juan Francisco". A voz era aguda, zombeteira.

Eu sou tão distraído que o diálogo que acabo de relatar não teria chamado minha atenção se não o tivesse repisado meu primo, a quem estimulavam (creio) certo orgulho local e o desejo de se mostrar indiferente à réplica tripartite do outro.

Contou-me que o rapaz do beco era um tal de Ireneo Funes, conhecido por algumas esquisitices como a de não se dar com ninguém e a de saber sempre a hora, como um relógio. Acrescentou que ele era filho de uma passadeira do povoado, María Clementina Funes, e que alguns diziam que o pai dele era um médico da charqueada, um inglês O'Connor, e outros um domador ou rastreador do distrito de Salto. Morava com a mãe, depois da chácara dos Loureiros.

Nos anos 85 e 86 veraneamos na cidade de Montevidéu. Em 87 voltei a Fray Bentos. Perguntei, como é natural, por todos os conhecidos e, finalmente, pelo "cronométrico Funes". Responderam-me que um cavalo redomão o derrubara na estância de São Francisco e que ficara paralítico, sem esperança. Recordo a impressão de incômoda magia que a notícia produziu em mim: a única vez que eu o vi, vínhamos a cavalo de São Francisco e ele andava num lugar alto; o fato, na boca de meu primo Bernardo, tinha muito de sonho elaborado com elementos anteriores. Disseram--me que ele não se movia do catre, os olhos postos na figueira do fundo ou numa teia de aranha. No entardecer, permitia que o aproximassem da janela. Levava a soberba até o ponto de simular que teria sido benéfico o golpe que o fulminara... Duas vezes o vi atrás da grade, que toscamente repisava sua condição de eterno prisioneiro: uma, imóvel, com olhos fechados; a outra, imóvel também, absorto na contemplação de um cheiroso galho de santonina.

Não sem alguma vaidade eu tinha iniciado naquele tempo o estudo metódico do latim. Minha valise incluía o

De viris illustribus de Lhomond, o *Thesaurus* de Quiche-rat, os *Comentários* de Júlio César e um volume avulso da *Naturalis historia* de Plínio, que ultrapassava (e continua ultrapassando) minhas módicas virtudes de latinista. Tudo se propala num povoado pequeno; Ireneo, em seu rancho dos arredores, não tardou a ficar sabendo da chegada des-ses livros anômalos. Dirigiu-me uma carta florida e ceri-moniosa, em que recordava nosso encontro, infelizmente fugaz, "do dia 7 de fevereiro do ano 84", elogiava os glo-riosos serviços que dom Gregorio Haedo, meu tio, falecido naquele mesmo ano, "tinha prestado às duas pátrias na va-lorosa jornada de Ituzaingó", e me solicitava o empréstimo de qualquer um dos volumes, acompanhado de um dicio-nário "para a boa inteligência do texto original, porque ainda ignoro o latim". Prometia devolvê-los em bom esta-do, quase imediatamente. A letra era perfeita, muito per-filada; a ortografia, do tipo que Andrés Bello preconizou: *i* por *y*, *j* por *g*. Naturalmente, a princípio tive receio de uma brincadeira. Meus primos me asseguraram que não, que eram coisas de Ireneo. Não soube se devia atribuir a des-caramento, a ignorância ou a estupidez, a ideia de que o árduo latim não exigia mais instrumento que um dicioná-rio; para desiludi-lo completamente, mandei-lhe o *Gradus ad Parnasum* de Quicherat e a obra de Plínio.

No dia 14 de fevereiro telegrafaram-me de Buenos Aires para que voltasse imediatamente, porque meu pai não estava "nada bem". Deus me perdoe; o prestígio de ser o destinatário de um telegrama urgente, o desejo de comunicar a toda a Fray Bentos a contradição entre a forma negativa da notícia e o peremptório advérbio, a tentação de dramatizar minha dor, fingindo um estoicismo viril talvez tenham me distraído de toda possibilidade de dor. Ao fazer a valise, notei que me faltavam o *Gradus* e o primeiro tomo da *Naturalis historia*. O *Saturno* zarpava no dia seguinte, pela manhã; essa noite, depois de jantar, dirigi-me à casa de Funes. Surpreendeu-me que a noite fosse não menos pesada que o dia.

No rancho bem-arrumado, a mãe de Funes me recebeu.

Disse-me que Ireneo estava no cômodo do fundo e que não me surpreendesse de encontrá-lo às escuras, porque Ireneo costumava passar as horas mortas sem acender a vela. Atravessei o pátio de lajotas, o corredorzinho; cheguei ao segundo pátio. Havia uma parreira; a obscuridade chegou a me parecer completa. Ouvi de repente a voz alta e zombeteira de Ireneo. Aquela voz falava em latim; aquela voz (que vinha do escuro) articulava com moroso deleite um discurso ou prece ou encantação. Ressoaram as sílabas romanas no pátio de terra; meu temor julgava-as indecifráveis, intermináveis; depois, no enorme diálogo daquela noite, soube que formavam o primeiro parágrafo do capítulo XXIV do livro sétimo da *Naturalis historia*. O assunto desse capítulo é a memória; as últimas palavras foram "*ut nihil non iisdem verbis redderetur auditum*".

Sem a menor mudança de voz, Ireneo disse-me que entrasse. Estava no catre, fumando. Parece-me que não vi seu rosto até o amanhecer; creio rememorar a brasa momentânea do cigarro. O quarto recendia vagamente a umidade. Sentei-me; repeti a história do telegrama e da doença de meu pai.

Chego, agora, ao ponto mais difícil de meu relato. Este (é bom que o leitor já o saiba) não tem outro argumento além desse diálogo de há meio século. Não vou tratar de reproduzir as palavras dele, irrecuperáveis agora. Prefiro resumir com veracidade as muitas coisas que Ireneo me disse. O estilo indireto é remoto e fraco; eu sei que sacrifico a eficácia de minha narração; que meus leitores imaginem os períodos entrecortados que me acabrunharam naquela noite.

Ireneo começou por enumerar, em latim e espanhol, os casos de memória prodigiosa registrados pela *Naturalis historia*: Ciro, rei dos persas, que sabia chamar pelo nome todos os soldados de seus exércitos; Mitridates Eupator, que ministrava a justiça nos vinte e dois idiomas de seu império; Simônides, inventor da mnemotécnica; Metrodoro, que professava a arte de repetir com fidelidade o que escutara uma única vez. Com evidente boa-fé ele se maravilhava de que tais casos pudessem maravilhar. Disse-me que, antes daquela tarde chuvosa em que o azulego o derrubou, ele havia sido o que são todos os cristãos: um cego, um surdo, um aturdido, um desmemoriado. (Procurei recordar-lhe sua percepção exata do tempo, sua memória dos nomes próprios; não me deu a menor importância.) Dezenove anos tinha vivido como quem sonha: olhava sem ver, ouvia sem ouvir, esquecia-se de tudo, de quase tudo. Ao cair, perdeu o conhecimento; quando o recobrou, o presente era quase intolerável de tão rico e tão nítido, e assim também as memórias mais antigas e mais triviais. Pouco depois constatou que estava paralítico. O fato quase não o interessou. Pensou (sentiu) que a imobilidade era um preço mínimo. Agora sua percepção e sua memória eram infalíveis.

Nós, num relance, percebemos três copos numa mesa; Funes, todos os brotos e cachos e frutos que uma parreira possa conter. Sabia as formas das nuvens austrais do amanhecer do dia 30 de abril de 1882 e podia compará-las na lembrança com os veios de um livro em papel espanhol que ele havia olhado uma única vez e com as linhas de espuma que um remo levantou no rio Negro na véspera da Batalha de Quebracho. Essas lembranças não eram simples; cada imagem visual estava ligada a sensações musculares, térmicas etc. Podia reconstituir todos os sonhos, todos os entressonhos. Duas ou três vezes tinha reconstituído um dia inteiro; não tinha duvidado nunca, mas cada reconstituição tinha exigido um dia inteiro. Disse-me: *Eu sozinho tenho mais lembranças que terão tido todos os homens desde que o mundo é mundo.* E também: *Meu sonho é como a vigília de vocês.* E ainda, por volta do amanhecer: *Minha memória, senhor, é como um monte de lixo.* Uma circunferência numa lousa, um triângulo retângulo, um losango, são formas que podemos intuir plenamente; o mesmo acontecia com Ireneo em relação às tempestuosas crinas de um potro, a uma ponta de gado numa coxilha, ao fogo bruxuleante e às cinzas inumeráveis, às muitas caras de um morto num longo velório. Não sei quantas estrelas veria no céu.

Coisas assim é que me disse; nem então nem depois as pus em dúvida. Naquele tempo não havia cinematógrafos nem fonógrafos; é, no entanto, inverossímil e até incrível que alguém fizesse um experimento com Funes. A verdade é que vivemos adiando tudo o que é adiável; talvez todos nós saibamos no fundo que somos imortais e que, cedo ou tarde, todo homem fará todas as coisas e saberá tudo.

A voz de Funes, de dentro da escuridão, continuava falando.

Contou-me que por volta de 1886 tinha inventado um

sistema original de numeração e que em pouquíssimos dias ultrapassara o vinte e quatro mil. Não o havia escrito, porque o que pensasse uma única vez já não se apagava de sua memória. Seu primeiro estímulo, creio, foi o desagrado de que os trinta e três orientais[1] requeressem dois signos e três palavras, em vez de uma só palavra e um único signo. Aplicou, em seguida, esse princípio disparatado aos outros números. Em lugar de sete mil e treze, dizia (por exemplo) *Máximo Pérez*; em lugar de sete mil e catorze, *A Ferrovia*; outros números eram *Luis Melián Lafinur*, *Olimar*, *enxofre*, o naipe de *paus*, *a baleia*, *o gás*, *a caldeira*, *Napoleão*, *Agustín de Vedia*. Cada palavra tinha um signo particular, uma espécie de marca; as últimas eram muito complicadas... Eu procurei lhe explicar que essa rapsódia de termos desconexos era precisamente o contrário de um sistema de numeração. Observei que dizer trezentos e sessenta e cinco era dizer três centenas, seis dezenas, cinco unidades: análise que não existe nos "números" *O Negro Timóteo* ou *manta de carne*. Funes não me entendeu ou não quis me entender.

Locke, no século XVII, postulou (e reprovou) um idioma impossível em que cada coisa individual, cada pedra, cada pássaro e cada ramo tivesse seu nome próprio; Funes projetou certa vez um idioma análogo, mas o rejeitou por lhe parecer demasiado geral, demasiado ambíguo. Com efeito, Funes não apenas se recordava de cada

---

1 A República Oriental do Uruguai tem como episódio importante de sua história "los treinta y tres orientales", chefiados por Juan Antonio de Lavalleja, que desembarcaram, em 1825, em La Agraciada, para desencadear a última ofensiva que levaria à independência, proclamada em 25 de agosto daquele mesmo ano.

folha de cada árvore de cada morro, mas ainda de cada uma das vezes que a tinha percebido ou imaginado. Resolveu reduzir cada uma das jornadas pretéritas a umas setenta mil lembranças, que logo definiria por cifras. Foi dissuadido por duas considerações: a consciência de que a tarefa era interminável, a consciência de que era inútil. Pensou que na hora da morte ainda não teria acabado de classificar todas as lembranças da infância.

Os dois projetos que indiquei (um vocabulário infinito para a série natural dos números, um inútil catálogo mental de todas as imagens da lembrança) são insensatos, mas revelam certa balbuciante grandeza. Deixam-nos vislumbrar ou inferir o vertiginoso mundo de Funes. Este, não o podemos esquecer, era quase incapaz de ideias gerais, platônicas. Não só lhe custava compreender que o símbolo genérico *cachorro* abrangesse tantos indivíduos díspares de diversos tamanhos e diversa forma; incomodava-o que o cachorro das três horas e catorze minutos (visto de perfil) tivesse o mesmo nome que o cachorro das três e quinze (visto de frente). Seu próprio rosto no espelho, suas próprias mãos, surpreendiam-no a cada vez. Relata Swift que o imperador de Lilliput podia discernir o movimento do ponteiro de minutos; Funes discernia continuamente os tranquilos avanços da corrupção, das cáries, do cansaço. Notava os progressos da morte, da umidade. Era o solitário e lúcido espectador de um mundo multiforme, instantâneo e quase intoleravelmente preciso. A Babilônia, Londres e Nova York pesaram com feroz esplendor sobre a imaginação dos homens; ninguém, em suas torres populosas ou em suas urgentes avenidas, sentiu o calor e a pressão de uma realidade tão inexaurível como a que noite e dia convergia sobre o infeliz Ireneo, em seu pobre arrabalde sul-americano. Para ele, dormir era muito difícil. Dormir é distrair-se do mundo; Funes, de costas no catre, na sombra, ficava imaginando cada greta e cada moldura das casas certas que o rodeavam. (Repito que o menos importante em suas lembranças era mais minucioso e mais vivo que nossa percepção de um prazer físico ou de um tormento físico.) Para o Leste, num trecho de quarteirão incompleto, havia casas novas, desconhecidas. Funes imaginava-as pretas, compactas, feitas de treva homogênea; nessa direção voltava o rosto para dormir. Também costumava se imaginar no fundo do rio, embalado e anulado pela corrente.

Tinha aprendido sem esforço o inglês, o francês, o português, o latim. Suspeito, contudo, que não fosse muito capaz de pensar. Pensar é esquecer diferenças, é generalizar, abstrair. No mundo entulhado de Funes não havia senão detalhes, quase imediatos.

A tímida claridade da madrugada entrou pelo pátio de terra.

Então vi a cara da voz que havia falado a noite toda. Ireneo tinha dezenove anos; nascera em 1868; pareceu-me monumental como o bronze, mais antigo que o Egito, anterior às profecias e às pirâmides. Pensei que cada uma de minhas palavras (que cada uma de minhas atitudes) perduraria em sua implacável memória; tolheu-me o temor de multiplicar gestos inúteis.

Ireneo Funes morreu em 1889, de uma congestão pulmonar.

1942

a forma da espada

Uma cicatriz rancorosa atravessava-lhe o rosto: um arco cinzento e quase perfeito que de um lado lhe lesava a têmpora e de outro o pômulo. Seu nome verdadeiro não importa; todos em Tacuarembó o chamavam de Inglês de La Colorada. O dono daqueles campos, Cardoso, não queria vendê-los; ouvi dizer que o Inglês recorreu a um argumento imprevisível: confiou-lhe a história secreta da cicatriz. O Inglês vinha da fronteira, do Rio Grande do Sul; não faltou quem dissesse que no Brasil tinha sido contrabandista. Os campos estavam descuidados; as aguadas, amargas; o Inglês, para corrigir essas deficiências, trabalhou ao lado de seus peões. Dizem que era severo até a crueldade, mas escrupulosamente justo. Dizem também que bebia: um par de vezes por ano se trancava no quarto do mirante e emergia depois de dois ou três dias como que de uma batalha ou de uma vertigem, pálido, trêmulo, altivo e autoritário como antes. Lembro-me dos olhos glaciais, da enérgica magreza, do bigode cinza. Não se dava com ninguém; é verdade que seu espanhol era rudimentar, abrasileirado. Salvo alguma carta comercial ou algum folheto, não recebia correspondência.

A última vez que percorri os distritos do Norte, uma enchente do riacho Caraguatá obrigou-me a passar a noite em La Colorada. Depois de poucos minutos acreditei ter notado que minha presença era inoportuna; procurei cair nas graças do Inglês; lancei mão da menos perspicaz das paixões: o patriotismo. Disse que um país com o espírito da Inglaterra era invencível. Meu interlocutor assentiu, mas acrescentou com um sorriso que ele não era inglês. Era irlandês, de Dungarvan. Dito isso, deteve-se, como se tivesse revelado um segredo.

Saímos, depois de jantar, para olhar o céu. Havia estiado, mas atrás das coxilhas o Sul, fendido e riscado de relâmpagos, urdia outra tempestade. Na sala de jantar desarrumada, o peão que tinha servido a comida trouxe uma garrafa de rum. Bebemos longamente, em silêncio.

Não sei que horas seriam quando percebi que estava bêbado; não sei que inspiração ou exultação ou tédio me levou a aludir à cicatriz. A cara do Inglês se demudou; durante uns segundos pensei que ia me expulsar da casa. Por fim, disse-me com a voz habitual:

— Vou lhe contar a história de meu ferimento sob uma condição: a de não atenuar opróbrio algum, nenhuma circunstância de infâmia.

Assenti. Esta é a história que contou, alternando o inglês com o espanhol, e também com o português:

Por volta de 1922, numa das cidades de Connaught, eu era um dos muitos que conspiravam pela independência da Irlanda. Dos meus companheiros, alguns sobrevivem, dedicados a atividades pacíficas; outros, paradoxalmente, batem-se nos mares ou no deserto, sob as cores inglesas; outro, o mais corajoso, morreu no pátio de um quartel, de madrugada, fuzilado por homens cheios de sono; outros ainda (não os mais infelizes) deram com seu destino nas batalhas anônimas e quase secretas da guerra civil. Éramos republicanos, católicos; éramos, presumo, românticos. A Irlanda não era para nós apenas o futuro utópico e o intolerável presente; era uma amarga e carinhosa mitologia, era as torres circulares e os pântanos vermelhos, era o repúdio de Parnell e as enormes epopeias que cantam o roubo dos touros que noutra encarnação foram heróis e noutras ainda peixes e montanhas... Num entardecer de que não me esquecerei, chegou-nos um partidário de Munster: um tal de John Vincent Moon.

Mal tinha vinte anos. Era magro e fofo a uma só vez; dava a incômoda impressão de ser invertebrado. Havia percorrido com fervor e vaidade quase todas as páginas de não sei que manual comunista; o materialismo dialético lhe servia para encerrar qualquer discussão. As razões que pode ter um homem para abominar ou para querer bem a outrem são infinitas: Moon reduzia a história universal a um sórdido conflito econômico. Afirmava que a revolução está predestinada a triunfar. Eu lhe disse que um *gentleman* só pode se interessar por causas perdidas... Já era noite; continuamos dissentindo no corredor, nas escadas, em seguida nas ruas vazias. Os juízos emitidos por Moon impressionaram-me menos que seu inapelável tom apodíctico. O novo camarada não discutia: pontificava com desdém e certa cólera.

Quando chegamos às últimas casas, um repentino tiroteio nos surpreendeu. (Antes ou mais tarde, beiramos o cego paredão de uma fábrica ou de um quartel.) Enveredamos por uma rua de terra; um soldado, enorme no resplendor, surgiu de uma cabana incendiada. Ordenou-nos, aos gritos, que nos detivéssemos. Eu apressei o passo; meu camarada não me seguiu. Virei-me: John Vincent Moon permanecia imóvel, fascinado e como que eternizado pelo terror. Então voltei, derrubei de um golpe o soldado, sacudi Vincent Moon, insultei-o e lhe ordenei que me seguisse. Tive de pegá-lo pelo braço; a paixão do medo o paralisava. Fugimos, em meio à noite varada de incêndios. Uma descarga de fuzilaria nos visou; uma bala roçou o ombro direito de Moon; este, enquanto fugíamos entre pinheiros, rompeu num frouxo soluço.

Naquele outono de 1922 eu havia me refugiado na chácara do general Berkeley. Este (a quem eu nunca vira) exercia então não sei que cargo administrativo em Bengala; o edifício tinha menos de um século, mas estava decaído e opaco, e abundava em perplexos corredores e inúteis antecâmaras. O museu e a enorme biblioteca usurpavam o andar térreo: livros controvertidos e incompatíveis que de algum modo são a história do século XIX; cimitarras de Nishapur, em cujos morosos arcos de círculo pareciam perdurar o vento e a violência da batalha. Entramos (creio recordar) pelos fundos. Moon, com a boca trêmula e ressequida, murmurou que os episódios da noite haviam sido interessantes; fiz um curativo nele, trouxe-lhe uma xícara de chá; pude verificar que o "ferimento" era superficial. De repente balbuciou com perplexidade:

— Mas o senhor se arriscou abertamente...

Disse-lhe que não se preocupasse. (O hábito da guerra civil tinha me impelido a agir como agi; além do mais, a prisão de um só partidário podia comprometer nossa causa.)

No outro dia Moon tinha recuperado o equilíbrio. Aceitou um cigarro e me submeteu a um severo interrogatório sobre "os recursos econômicos de nosso partido revolucionário". Suas perguntas eram muito lúcidas: disse-lhe (de verdade) que a situação era grave. Profundas descargas de fuzilaria comoveram o Sul. Disse a Moon que os companheiros nos esperavam. Meu sobretudo e meu revólver estavam no meu quarto; quando voltei, encontrei Moon estendido no sofá, com os olhos fechados. Conjecturou que estava com febre; invocou um dolorido espasmo no ombro.

Então compreendi que sua covardia era irremediável. Pedi-lhe sem jeito que se cuidasse e me despedi. Aquele homem com medo me envergonhava, como se fosse eu o covarde, não Vincent Moon. O que um homem faz é como se todos os homens o fizessem. Por isso não é injusto que uma desobediência num jardim contamine a todos; por isso não é injusto que a crucificação de um único judeu baste para salvar todo o gênero humano. Talvez Schopenhauer tenha razão: eu sou os outros, qualquer homem é todos os homens, Shakespeare é de algum modo o miserável John Vincent Moon.

Nove dias passamos na enorme casa do general. Das agonias e luzes da guerra não direi nada: meu propósito é relatar a história desta cicatriz que me afronta. Esses nove dias, na minha lembrança, formam um único dia, salvo o penúltimo, quando os nossos irromperam num quartel e pudemos vingar exatamente os dezesseis camaradas que foram metralhados em Elphin. Eu escapava da casa por volta do amanhecer, na confusão da aurora. Ao anoitecer estava de volta. Meu companheiro me esperava no primeiro andar: o ferimento não lhe permitia descer ao andar térreo. Recordo-me dele com algum livro de estratégia na mão: F. N. Maude ou Clausewitz. "A arma que prefiro é a artilharia", confessou-me uma noite. Inquiria sobre nossos planos; gostava de censurá-los ou reformulá-los. Também costumava denunciar "nossa deplorável base econômica"; profetizava, dogmático e sombrio, o desastroso fim. "*C'est une affaire flambée*", murmurava. Para mostrar que lhe era indiferente ser um covarde físico, magnificava sua soberba mental. Assim passaram, bem ou mal, nove dias.

No décimo a cidade caiu definitivamente em poder dos *Black and Tans*. Altos cavaleiros silenciosos patrulhavam as estradas; havia cinzas e fumaça no vento; numa esquina vi estirado um cadáver, menos tenaz em minha lembrança que um manequim em que os soldados exercitavam interminavelmente a pontaria, no meio da praça... Eu tinha saído quando o amanhecer despontou no céu; antes do meio-dia voltei. Moon, na biblioteca, falava com alguém; o tom da voz me fez compreender que falava pelo telefone. Depois, ouvi meu nome; depois que eu regressaria às sete, depois a indicação de que me prendessem quando atravessasse o jardim. Meu razoável amigo estava razoavelmente me vendendo. Ouvi-o exigir algumas garantias de segurança pessoal.

Aqui minha história se confunde e se perde. Sei que persegui o delator através de negros corredores de pesadelo e fundas escadas de vertigem. Moon conhecia a casa muito bem, muito melhor que eu. Uma ou duas vezes eu o perdi. Encurralei-o antes que os soldados me detivessem. De uma das panóplias do general arranquei um alfanje; com essa meia-lua de aço lhe rubriquei o rosto, para sempre, com uma meia-lua de sangue.

Borges: ao senhor, que é um desconhecido, fiz esta confissão. Não me magoa tanto o seu menosprezo.

Aqui o narrador se deteve. Notei que lhe tremiam as mãos.

— E Moon? — indaguei-lhe.

— Recebeu os dinheiros de judas e fugiu para o Brasil. Naquela tarde, na praça, viu uns bêbados fuzilarem um manequim.

Aguardei em vão a continuação da história. Por fim, disse-lhe que prosseguisse.

Então um gemido o atravessou; então me mostrou com ligeira doçura a curva cicatriz esbranquiçada.

— O senhor acredita em mim? — balbuciou. — Não vê que trago inscrita no rosto a marca da minha infâmia? Contei-lhe a história deste modo para que o senhor a escutasse até o fim. Eu denunciei o homem que me amparou: eu sou Vincent Moon. Agora pode me desprezar.

1942

tema do traidor
e do herói

So the Platonic Year
Whirls out new right and wrong,
Whirls in the old instead;
All men are dancers and their tread
Goes to the barbarous clangour of a gong.
W. B. Yeats, *The Tower*

Sob a notória influência de Chesterton (que concebeu e ornou elegantes mistérios) e do conselheiro áulico Leibniz (que inventou a harmonia preestabelecida), imaginei este argumento, que talvez escreva e que já de algum modo me justifica, nas tardes inúteis. Faltam pormenores, retificações, ajustes; há zonas da história que ainda não me foram reveladas; hoje, 3 de janeiro de 1944, vislumbro-a assim.

A ação transcorre num país oprimido e tenaz: Polônia, Irlanda, a República de Veneza, algum Estado sul-americano ou balcânico... Ou melhor, transcorreu, pois, embora o narrador seja contemporâneo, a história por ele narrada aconteceu em meados ou no começo do século XIX. Digamos (para comodidade narrativa) Irlanda; digamos 1824. O narrador chama-se Ryan; é bisneto do jovem, do heroico, do belo, do assassinado Fergus Kilpatrick, cujo sepulcro foi misteriosamente violado, cujo nome ilustra os versos de Browning e de Hugo, cuja estátua preside um morro cinza entre pântanos vermelhos.

Kilpatrick foi um conspirador, um secreto e glorioso capitão de conspiradores; à semelhança de Moisés, que, da terra de Moab, divisou e não pôde pisar a terra prometida, Kilpatrick pereceu na véspera da rebelião vitoriosa que ele havia premeditado e sonhado. Aproxima-se a data do primeiro centenário de sua morte; as circunstâncias do crime são enigmáticas; Ryan, dedicado à redação de uma biografia do herói, descobre que o enigma ultrapassa o puramente policial. Kilpatrick foi assassinado num teatro; a polícia britânica jamais deu com o matador; os historiadores declaram que esse fracasso não empana seu bom nome, já que talvez a própria polícia o tenha mandado matar. Outras facetas do enigma deixam Ryan inquieto. São de caráter cíclico: parecem repetir ou combinar fatos de regiões remotas, de épocas remotas. Assim, ninguém ignora que os esbirros que examinaram o cadáver do herói acharam uma carta fechada que o prevenia do risco de estar presente no teatro, naquela noite; também Júlio César, ao se dirigir ao local onde o aguardavam os punhais de seus amigos, recebeu um bilhete que não chegou a ler, no qual se estampava a traição, com os nomes dos traidores. A mulher de César, Calpúrnia, viu derrubada, num sonho, a torre que o Senado tinha consagrado a ele; falsos e anônimos rumores, na véspera da morte de Kilpatrick, tornaram público em todo o país o incêndio da torre circular de Kilgarvan, fato que podia parecer um presságio, pois ele nascera em Kilgarvan. Esses paralelismos (e outros mais) entre a história de César e a história de um conspirador irlandês levam Ryan a supor uma secreta forma do tempo, um desenho de linhas que se repetem. Pensa na história decimal ideada por Condorcet; nas morfologias propostas por Hegel, Spengler e Vico; nos homens de Hesíodo, que degeneram do ouro até o ferro. Pensa na transmigração das almas, doutrina que confere horror às letras célticas e que o próprio César atribuiu aos druidas britânicos; pensa que, antes de ser Fergus Kilpatrick, Fergus Kilpatrick foi Júlio César. Uma curiosa comprovação o salva desses labirintos circulares, uma comprovação que logo o abisma noutros labirintos mais inextricáveis e heterogêneos: certas palavras de um mendigo que conversou com Fergus Kilpatrick no dia da morte dele foram prefiguradas por Shakespeare, na tragédia de *Macbeth.* Que a história tivesse copiado a história já seria suficientemente espantoso; que a história copie a literatura é inconcebível... Ryan descobre que, em 1814, James Alexander Nolan, o mais antigo dos companheiros do herói, tinha traduzido para o gaélico os principais dramas de Shakespeare; entre eles, *Júlio César.* Também descobre nos arquivos um artigo manuscrito de Nolan sobre os *Festspiele* da Suíça; vastas e errantes representações teatrais, que requerem milhares de atores e reiteram episódios históricos nas próprias cidades e montanhas onde aconteceram. Outro documento inédito lhe revela que, poucos dias antes do fim, Kilpatrick, presidindo o último conclave, havia assinado a sentença de morte de um traidor, cujo nome foi apagado. Esta sentença não condiz com os hábitos piedosos de Kilpatrick. Ryan investiga o assunto (essa investigação é um dos hiatos do argumento) e consegue decifrar o enigma.

Kilpatrick foi executado num teatro, mas fez de teatro também a cidade inteira, e os atores foram legião, e o drama coroado por sua morte abarcou muitos dias e muitas noites. Eis aqui o que aconteceu:

No dia 2 de agosto de 1824 os conspiradores reuniram-se. O país estava maduro para a rebelião; algo, contudo, falhava sempre: algum traidor havia no conclave. Fergus Kilpatrick tinha encomendado a James Nolan o desmascaramento desse traidor. Nolan executou a tarefa: anunciou em pleno conclave que o traidor era o próprio Kilpatrick. Demonstrou com provas irrefutáveis a verdade da acusação; os conjurados condenaram à morte seu presidente. Este assinou a própria sentença, mas implorou que seu castigo não prejudicasse a pátria.

Então Nolan concebeu um estranho projeto. A Irlanda idolatrava Kilpatrick; a mais tênue suspeita de vileza da parte dele teria comprometido a rebelião; Nolan propôs um plano que fez da execução do traidor o instrumento para a emancipação da pátria. Sugeriu que o condenado morresse em mãos de um assassino desconhecido, em circunstâncias deliberadamente dramáticas, que ficassem gravadas na imaginação popular e apressassem a rebelião. Kilpatrick jurou colaborar nesse projeto, que lhe dava ocasião para se redimir e que sua morte rubricaria.

Nolan, premido pelo tempo, não soube inventar inteiramente as circunstâncias da múltipla execução; teve de plagiar outro dramaturgo, o inimigo inglês William Shakespeare. Repetiu cenas de *Macbeth*, de *Júlio César*. A representação, pública e secreta, compreendeu vários dias. O condenado entrou em Dublin, discutiu, agiu, rezou, reprovou, pronunciou palavras patéticas, e cada um desses atos que refletiriam a glória tinha sido prefixado por Nolan. Centenas de atores colaboraram com o protagonista; o papel de alguns foi complexo; o de outros, momentâneo. As coisas que disseram e fizeram perduram nos livros históricos, na memória apaixonada da Irlanda. Kilpatrick, arrebatado por esse minucioso destino que o redimia e o perdia, mais de uma vez enriqueceu com atos e palavras improvisados o texto de seu juiz. Assim foi se desenrolando no tempo o populoso drama, até que no dia 6 de agosto de 1824, num palco de cortinas funerárias que prefigurava o de Lincoln, uma bala almejada entrou no peito do traidor e do herói, que mal pôde articular, entre dois bruscos jatos de sangue, algumas palavras previstas.

Na obra de Nolan, as passagens imitadas de Shakespeare são as *menos* dramáticas; Ryan suspeita que o autor as tenha intercalado para que alguém, no futuro, desse com a verdade. Compreende que ele também faz parte da trama de Nolan... Depois de tenazes cavilações, resolve silenciar a descoberta. Publica um livro dedicado à glória do herói; também isso estava, talvez, previsto.

a morte
e a bússola

para Mandie Molina Vedia

Dos muitos problemas que exercitaram a temerária perspicácia de Lönnrot, nenhum tão estranho — tão rigorosamente estranho, diremos — como a periódica série de fatos de sangue que culminaram na chácara de Triste-le-Roy, em meio ao interminável odor dos eucaliptos. É bem verdade que Erik Lönnrot não conseguiu impedir o último crime, mas é indiscutível que o previu. Tampouco adivinhou a identidade do infausto assassino de Yarmolinsky, mas, sim, a secreta morfologia da malvada série e a participação de Red Scharlach, cujo segundo apelido é Scharlach, o Dândi. Esse criminoso (como tantos outros) tinha jurado pela sua honra a morte de Lönnrot; este, porém, nunca se deixou intimidar. Lönnrot se julgava um puro raciocinador, um Auguste Dupin, mas havia nele algo de aventureiro e até de jogador.

O primeiro crime aconteceu no Hôtel du Nord — esse alto prisma que domina o estuário cujas águas têm a cor do deserto. A essa torre (que muito notoriamente reúne a desagradável brancura de uma clínica, a divisibilidade numerada de uma prisão e a aparência geral de uma casa de tolerância) chegou no dia 3 de dezembro o delegado de Podolsk no III Congresso Talmúdico, doutor Marcelo Yarmolinsky, homem de barba cinza e olhos cinza. Nunca saberemos se o Hôtel du Nord lhe agradou: aceitou-o com a antiga resignação que tinha lhe permitido tolerar três anos de guerra nos Cárpatos e três mil anos de opressão e de *pogroms*. Deram-lhe um quarto no andar R, defronte à suíte que não sem alarde era ocupada pelo Tetrarca da Galiléia. Yarmolinsky jantou, adiou para o dia seguinte o exame da cidade desconhecida, arrumou num armário embutido seus muitos livros e suas poucas peças de roupa, e antes da meia-noite apagou a luz. (Foi o que declarou o chofer do Tetrarca, que dormia no quarto contíguo.) No dia 4, às 11 horas e 3 minutos a.m., um redator da *Yiddische Zeitung* chamou-o pelo telefone; o doutor Yarmolinsky não respondeu; encontraram-no em seu quarto, com o rosto já levemente escuro, quase nu sob uma grande capa anacrônica. Jazia não longe da porta que dava para o corredor; uma punhalada profunda lhe perfurara o peito. Um par de horas depois, no mesmo quarto, no meio de jornalistas, fotógrafos e gendarmes, o comissário Treviranus e Lönnrot debatiam com serenidade o problema.

— Não se deve procurar chifre em cabeça de cavalo — dizia Treviranus, brandindo um imperioso charuto. — Todos nós sabemos que o Tetrarca da Galileia possui as melhores safiras do mundo. Alguém, para roubá-las, terá penetrado aqui por engano. Yarmolinsky levantou-se; o ladrão teve de matá-lo. Que lhe parece?

— Possível, mas não interessante — respondeu Lönnrot. — O senhor replicará que a realidade não tem a menor obrigação de ser interessante. Eu lhe replicarei que a realidade pode prescindir dessa obrigação, mas não as hipóteses. Na que o senhor improvisou, o acaso intervém fartamente. Eis aqui um rabino morto; eu preferiria uma explicação puramente rabínica, não os imaginários percalços de um imaginário ladrão.

Treviranus retrucou com mau humor:

— As explicações rabínicas não me interessam; o que me interessa é a captura do homem que apunhalou este desconhecido.

— Não tão desconhecido — corrigiu Lönnrot. — Aqui estão suas obras completas. — Indicou no armário uma fila de altos volumes: uma *Vindicação da cabala*; um *Exame da filosofia de Robert Flood*; uma tradução literal da *Sepher Yezirah*; uma *Biografia de Baal Shem*; uma *História da seita dos hassidim*; uma monografia (em alemão) sobre o Tetragrámaton; outra, sobre a nomenclatura divina do Pentateuco. O comissário olhou para eles com temor, quase com repulsa. Logo começou a rir.

— Sou um pobre cristão — retrucou. — Leve com você, se quiser, todos esses calhamaços; não tenho tempo para perder com superstições judaicas.

— Pode ser que este crime pertença à história das superstições judaicas — murmurou Lönnrot.

— Como o cristianismo — atreveu-se a completar o redator da *Yiddische Zeitung*. Era míope, ateu e muito tímido.

Ninguém lhe respondeu. Um dos agentes tinha encontrado na pequena máquina de escrever uma folha de papel com esta sentença inconclusa:

A primeira letra do Nome foi articulada.

Lönnrot se absteve de sorrir. Repentinamente bibliófilo ou hebraísta, ordenou que lhe fizessem um pacote com os livros do morto e levou-os para o seu apartamento. Indiferente à investigação policial, dedicou-se a estudá-los. Um livro *in-octavo* maior lhe revelou os ensinamentos de Israel Baal Shem Tobh, fundador da seita dos Piedosos; outro, as virtudes e terrores do Tetragrámaton, que é o inefável Nome de Deus; outro ainda, a tese de que Deus tem um nome secreto, no qual se acha resumido (como na esfera de cristal que os persas atribuem a Alexandre da Macedônia) seu nono atributo, a eternidade — isto é, o conhecimento imediato de todas as coisas que serão, que são e já foram no universo. A tradição enumera noventa e nove nomes de Deus; os hebraístas atribuem esse número imperfeito ao mágico temor das cifras pares; os hassidim argumentam que esse hiato assinala um centésimo nome — o Nome Absoluto.

Poucos dias depois, distraiu-o dessa erudição a chegada do redator da *Yiddische Zeitung*. Este queria falar do assassinato; Lönnrot preferiu falar dos diversos nomes de Deus; o jornalista declarou em três colunas que o investigador Erik Lönnrot tinha se dedicado a estudar os nomes de Deus para dar com o nome do assassino. Lönnrot, habituado com as simplificações do jornalismo, não se indignou. Um desses livreiros que descobriram que todo homem se resigna a comprar qualquer livro, publicou uma edição popular da *História da seita dos hassidim*.

O segundo crime ocorreu na noite de 3 de janeiro, no mais desamparado e vazio dos ocos subúrbios ocidentais da capital. Por volta do amanhecer, um dos gendarmes que vigiavam a cavalo aquelas solidões viu na soleira de uma antiga loja de tintas um homem de poncho, deitado. O duro rosto estava como que mascarado de sangue; uma punhalada profunda lhe perfurara o peito. Na parede, sobre os losangos amarelos e vermelhos, havia umas palavras escritas com giz. O gendarme soletrou-as... Nessa tarde, Treviranus e Lönnrot dirigiram-se à remota cena do crime. À esquerda e à direita do automóvel, a cidade se desintegrava; crescia o firmamento e tinham pouca importância as casas e muita um forno de tijolos ou um álamo. Chegaram ao seu pobre destino: um beco final de taipas rosadas que pareciam refletir de algum modo o desmedido pôr do sol. O morto já tinha sido identificado. Era Daniel Simón Azevedo, homem de alguma fama nos antigos arrabaldes do Norte, que havia ascendido de carreiro a capanga eleitoral, para degenerar depois em ladrão e até em delator. (O singular estilo de sua morte pareceu-lhes adequado: Azevedo era o último representante de uma geração de bandidos que conhecia o manejo do punhal, mas não o do revólver.) As palavras de giz eram as seguintes:

A segunda letra do Nome foi articulada.

O terceiro crime ocorreu na noite de 3 de fevereiro. Pouco antes da uma hora, o telefone ressoou no escritório do comissário Treviranus. Com ávido sigilo, um homem de voz gutural falou; disse que se chamava Ginzberg (ou Ginsburg) e que estava disposto a informar, por uma remuneração razoável, os fatos dos dois sacrifícios de Azevedo e Yarmolinsky. Uma discórdia de assovios e cornetas afogou a voz do delator. Depois, a comunicação se interrompeu. Sem afastar ainda a possibilidade de uma brincadeira (estavam, enfim, no Carnaval), Treviranus descobriu que tinham lhe falado da Liverpool House, taberna da Rue de Toulon — essa rua saudável onde convivem o cosmorama e a leiteria, o bordel e os vendedores de bíblias. Treviranus falou com o dono. Este (Black Finnegan, velho criminoso irlandês, acabrunhado e quase anulado pela decência) disse-lhe que a última pessoa que usara o telefone da casa era um inquilino, um tal de Gryphius, que acabara de sair com uns amigos. Treviranus foi em seguida à Liverpool House. O dono informou-lhe o seguinte: havia oito dias, Gryphius tinha ocupado um quarto nos altos do bar. Era um homem de traços afilados, de nebulosa barba cinza, trajado pobremente de preto; Finnegan (que destinava esse quarto a um uso que Treviranus adivinhou) pediu-lhe um aluguel sem dúvida excessivo; Gryphius imediatamente pagou a soma estipulada. Não saía quase nunca; jantava e almoçava no quarto; mal dava as caras no bar. Naquela noite, desceu para telefonar no escritório de Finnegan. Um cupê fechado parou diante da taberna. O cocheiro não se moveu da boleia; alguns fregueses recordaram que ele usava máscara de urso. Do cupê desceram dois arlequins; eram de reduzida estatura e ninguém pôde deixar de observar que estavam muito bêbados. Em meio a balidos de cornetas, irromperam no escritório de Finnegan; abraçaram Gryphius, que pareceu reconhecê-los mas lhes respondeu com frieza; trocaram umas palavras em iídiche — ele em voz baixa, gutural, eles com vozes de falsete, agudas — e subiram ao quarto do fundo. Após quinze minutos, desceram os três, muito felizes; Gryphius, cambaleante, parecia tão bêbado quanto os outros. Ia, alto e vertiginoso, no meio, entre os arlequins mascarados. (Uma das mulheres do bar se lembrou dos losangos amarelos, vermelhos e verdes.) Duas vezes ele tropeçou; duas vezes os arlequins o seguraram. Os três subiram no cupê e desapareceram, rumo à doca próxima, de forma retangular. Já no estribo do cupê, o último arlequim rabiscou uma figura obscena e uma sentença numa das ardósias das arcadas.

Treviranus viu a sentença. Era quase previsível; dizia:

A última das letras do Nome foi articulada.

Examinou, depois, o quartinho de Gryphius-Ginzberg. Havia no chão uma brusca estrela de sangue; nos cantos, tocos de cigarros de marca húngara; num armário, um livro em latim — o *Philologus hebraeo-graecus* (1739) de Leusden — com várias notas manuscritas. Treviranus olhou para ele com indignação e mandou chamar Lönnrot. Este, sem tirar o chapéu, começou a ler, enquanto o comissário interrogava as contraditórias testemunhas do possível sequestro. Às quatro saíram. Na tortuosa Rue de Toulon, quando pisavam as serpentinas mortas da madrugada, Treviranus disse:

— E se a história desta noite for um simulacro?

Erik Lönnrot sorriu e leu para ele com toda a gravidade uma passagem (que estava sublinhada) da trigésima terceira dissertação do *Philologus*:

— "*Dies Judaeorum incipit a solis occasu usque ad solis occasum diei sequentis.*" Isto quer dizer — acrescentou — "O dia dos judeus começa com o pôr do sol e dura até o pôr do sol seguinte".

O outro ensaiou uma ironia.

— Esse dado é a coisa mais valiosa que o senhor recolheu esta noite?

— Não. Mais valiosa é uma palavra que disse Ginzberg.

Os jornais da tarde não descuidaram desses desaparecimentos periódicos. *A Cruz da Espada* contrastou-os com a admirável disciplina e a ordem do último Congresso Eremítico; Ernst Palast, n'*O Mártir*, reprovou "as demoras intoleráveis de um *pogrom* clandestino e frugal, que precisou de três meses para liquidar três judeus"; a *Yiddische Zeitung* refutou a hipótese horrorosa de um complô antissemita, "embora muitos espíritos penetrantes não admitam outra solução para o tríplice mistério"; o mais ilustre dos pistoleiros do Sul, Dândi Red Scharlach, jurou que em seu distrito nunca se produziriam tais crimes e acusou de negligência culposa o comissário Franz Treviranus.

Este recebeu, na noite de 1º de março, um imponente envelope selado. Abriu-o: o envelope continha uma carta assinada *Baruch Espinosa* e um minucioso mapa da cidade, notoriamente arrancado de um Baedeker. A carta profetizava que no dia 3 de março não haveria um quarto crime, pois a loja de tintas do Oeste, a taberna da Rue de Toulon e o Hôtel du Nord eram "os vértices perfeitos de um triângulo equilátero e místico"; o mapa mostrava em tinta vermelha a regularidade desse triângulo. Treviranus leu com resignação esse argumento *more geometrico* e mandou a carta e o mapa para a casa de Lönnrot — indiscutível merecedor de tais loucuras.

Erik Lönnrot estudou-as. Os três lugares, com efeito, eram equidistantes. Simetria no tempo (3 de dezembro, 3 de janeiro, 3 de fevereiro); simetria no espaço, também... Sentiu, de repente, que estava a ponto de decifrar o mistério. Um compasso e uma bússola completaram essa repentina intuição. Sorriu, pronunciou a palavra *Tetragrámaton* (de aquisição recente) e chamou pelo telefone o comissário. Disse-lhe:

— Muito obrigado por esse triângulo equilátero que o senhor me mandou ontem à noite. Ele me permitiu resolver o problema. Amanhã, sexta-feira, dois criminosos estarão na prisão; podemos ficar bem tranquilos.

— Então não planejam um quarto crime?

— É justamente porque planejam um quarto crime que podemos ficar bem tranquilos. — Lönnrot dependurou o fone. Uma hora depois, viajava num trem das Ferrovias Austrais, rumo à chácara abandonada de Triste-le--Roy. Ao sul da cidade de meu conto flui um cego riacho de águas barrentas, infestado de curtumes e de imundícies. Do outro lado há um subúrbio fabril onde, protegidos por um caudilho barcelonês, grassam os bandidos. Lönnrot sorriu ao pensar que o mais famoso — Red Scharlach — teria dado qualquer coisa para conhecer essa visita clandestina. Azevedo foi companheiro de Scharlach; Lönnrot considerou a remota possibilidade de que a quarta vítima fosse Scharlach. Depois, rejeitou-a... Virtualmente, tinha decifrado o problema; as meras circunstâncias, a realidade (nomes, prisões, rostos, trâmites judiciais e carcerários), quase não o interessavam agora. Queria passear, queria descansar de três meses de investigação sedentária. Refletiu que a explicação dos crimes estava num triângulo anônimo e numa poeirenta palavra grega. O mistério quase lhe pareceu cristalino; sentiu vergonha de ter lhe dedicado cem dias.

O trem parou numa silenciosa estação de cargas. Lönnrot desceu. Era uma dessas tardes desertas que parecem madrugadas. O ar da turva planície estava úmido e frio. Lönnrot começou a andar pelo campo. Viu cães, viu um vagão numa via morta, viu o horizonte, viu um cavalo prateado que bebia a água infecta de um charco. Escurecia quando divisou o mirante retangular da chácara de Triste-le-Roy, quase tão alto quanto os negros eucaliptos que o rodeavam. Pensou que apenas um amanhecer e um ocaso (um velho resplendor no oriente e outro no ocidente) o separavam da hora almejada pelos perseguidores do Nome.

Uma grade enferrujada definia o perímetro irregular da chácara. O portão principal estava fechado. Lönnrot, sem muita esperança de entrar, deu a volta toda. De novo diante do portão intransponível, enfiou a mão entre as barras, quase maquinalmente, e deu com o ferrolho. O rangido do ferro surpreendeu-o. Com uma custosa passividade, o portão inteiro cedeu.

Lönnrot avançou em meio aos eucaliptos, pisando sobre gerações confundidas de rotas folhas rígidas. Vista de perto, a casa da chácara Triste-le-Roy abusava de inúteis simetrias e repetições obsessivas: a uma Diana glacial num nicho lôbrego correspondia num segundo nicho outra Diana; um balcão refletia-se noutro balcão; escalinatas duplicadas abriam-se em dupla balaustrada. Um Hermes de duas caras projetava uma sombra monstruosa. Lönnrot rodeou a casa como tinha rodeado a chácara. Examinou tudo; sob o nível do terraço viu uma estreita persiana.

Empurrou-a: uns poucos degraus de mármore desciam até um porão. Lönnrot, que já intuía as preferências do arquiteto, adivinhou que no muro oposto do porão havia outros degraus. Encontrou-os, subiu, ergueu as mãos e abriu o alçapão da saída.

Um clarão guiou-o até uma janela. Abriu-a: uma lua amarela e circular definia no triste jardim duas fontes vedadas. Lönnrot explorou a casa. Por antessalas e galerias foi dar em pátios iguais e repetidas vezes no mesmo pátio. Subiu por escadas poeirentas a antecâmaras circulares; infinitamente se multiplicou em espelhos opostos; cansou de abrir ou entreabrir janelas que lhe revelavam, fora, de várias alturas e vários ângulos, o mesmo desolado jardim; dentro, móveis com capas amarelas e lustres embalados em tarlatana. Um dormitório o reteve; nesse dormitório, uma única flor num copo de porcelana; ao primeiro toque as pétalas antigas desfizeram-se. No segundo andar, o último, a casa lhe pareceu infinita e crescente. "A casa não é tão grande", pensou. "A penumbra, a simetria, os espelhos, os muitos anos, meu desconhecimento, a solidão, é que a aumentam."

Por uma escada espiral chegou ao mirante. A lua dessa tarde atravessava os losangos das janelas; eram amarelos, vermelhos e verdes. Reteve-o uma lembrança assombrada e vertiginosa.

Dois homens de pequena estatura, ferozes e fornidos, lançaram-se sobre ele e desarmaram-no; outro, muito alto, cumprimentou-o com gravidade e disse-lhe:

— O senhor é muito amável. Poupou-nos uma noite e um dia.

Era Red Scharlach. Os homens manietaram Lönnrot. Este, por fim, encontrou sua voz.

— Scharlach, o senhor procura o Nome Secreto?

Scharlach continuava de pé, indiferente. Não tinha participado da breve luta, mal estendeu a mão para receber o revólver de Lönnrot. Falou; Lönnrot ouviu em sua voz uma exaurida vitória, um ódio do tamanho do universo, uma tristeza não menor que esse ódio.

— Não — disse Scharlach. — Procuro algo mais efêmero e perecível, procuro Erik Lönnrot. Há três anos, numa casa de jogo da Rue de Toulon, o senhor mesmo me prendeu e mandou encarcerar meu irmão. Num cupê, meus homens me tiraram do tiroteio com uma bala da polícia na barriga. Nove dias e nove noites agonizei nesta desolada chácara simétrica; a febre me arrasava, o odioso Jano bifronte que olha para os ocasos e as auroras enchia de horror meus sonhos e minhas vigílias. Cheguei a abominar meu corpo, cheguei a sentir que dois olhos, duas mãos, dois pulmões são tão monstruosos quanto duas caras. Um irlandês procurou converter-me à fé de Jesus; repetia para mim a sentença dos "goim": "Todos os caminhos levam a Roma". De noite, meu delírio se alimentava dessa metáfora: eu sentia que o mundo é um labirinto, do qual era impossível fugir, pois todos os caminhos, embora fingissem ir para o norte ou para o sul, na verdade iam para Roma, que era também o cárcere quadrangular onde meu irmão agonizava e a chácara de Triste-le-Roy. Naquelas noites, eu jurei pelo deus que vê com duas caras e por todos os deuses da febre e dos espelhos tecer um labirinto em torno do homem que tinha encarcerado meu irmão. Eu o teci e está firme: os materiais são um heresiólogo morto, uma bússola, uma seita do século XVIII, uma palavra grega, um punhal, os losangos de uma casa de tintas.

— O primeiro termo da série me foi dado pelo acaso. Eu havia tramado com alguns colegas, entre eles Daniel Azevedo, o roubo das safiras do Tetrarca. Azevedo nos traiu: embebedou-se com o dinheiro que tínhamos lhe adiantado e praticou o golpe um dia antes. No hotel enorme ele se perdeu; por volta das duas da manhã irrompeu no dormitório de Yarmolinsky. Este, acossado pela insônia, estava escrevendo. Verossimilmente, redigia umas notas ou um artigo sobre o Nome de Deus; escrevera já as palavras: "A primeira letra do Nome foi articulada". Azevedo intimou-o a fazer silêncio; Yarmolinsky estendeu a mão em direção à campainha que despertaria todas as reações do hotel; Azevedo lhe deu uma única punhalada no peito. Foi quase um movimento reflexo; meio século de violência tinha lhe ensinado que o mais fácil e seguro é matar... Dez dias depois eu soube pela *Yiddische Zeitung* que o senhor buscava nos escritos de Yarmolinsky a chave para a morte de Yarmolinsky. Li a *História da seita dos hassidim*; soube que o medo reverente de pronunciar o Nome de Deus dera origem à doutrina de que esse Nome é todo-poderoso e recôndito. Soube que alguns hassidim, em busca desse Nome secreto, tinham chegado a cometer sacrifícios humanos... Compreendi que o senhor conjecturava que os hassidim haviam sacrificado o rabino; dediquei-me a justificar essa conjectura.

— Marcelo Yarmolinsky morreu na noite de 3 de dezembro; para o segundo "sacrifício" escolhi a de 3 de janeiro. Morreu no Norte; para o segundo "sacrifício" nos convinha um lugar do Oeste. Daniel Azevedo foi a vítima necessária. Merecia a morte: era um impulsivo, um traidor; sua captura podia aniquilar todo o plano. Um dos nossos o apunhalou; para vincular seu cadáver ao anterior, eu escrevi em cima dos losangos da loja de tintas "A segunda letra do Nome foi articulada".

— O terceiro "crime" aconteceu no dia 3 de fevereiro. Foi, como Treviranus adivinhou, um mero simulacro. Gryphius-Ginzberg-Ginsburg sou eu; suportei (suplementado por uma tênue barba, postiça) uma semana interminável naquele perverso cubículo da Rue de Toulon, até que os amigos me sequestraram. Do estribo do cupê, um deles escreveu num pilar "A última das letras do Nome foi articulada". Essa frase divulgou que a série de crimes era *tríplice*. Assim o entendeu o público; eu, entretanto, intercalei repetidos indícios para que o senhor, o raciocinador Erik Lönnrot, compreendesse que é *quádrupla*. Um prodígio no Norte, outros no Leste e no Oeste, exigem um quarto prodígio no Sul; o Tetragrámaton, o Nome de Deus, JHVH, consta de *quatro* letras; os arlequins e a amostra do dono da loja de tintas sugerem *quatro* termos. Eu sublinhei certa passagem no manual de Leusden; essa passagem revela que os hebreus computavam o dia de ocaso a ocaso; essa passagem dá a entender que as mortes ocorreram no *quarto* dia de cada mês. Eu mandei o triângulo equilátero a Treviranus. Eu pressenti que o senhor acrescentaria o ponto que falta. O ponto que determina um losango perfeito, o ponto que prefixa o lugar onde uma morte exata o espera. Tudo isso premeditei, Erik Lönnrot, para atraí-lo a estas solidões de Triste-le-Roy.

Lönnrot evitou os olhos de Scharlach. Olhou para as árvores e para o céu, subdivididos em losangos turvamente amarelos, verdes e vermelhos. Sentiu um pouco de frio e uma tristeza impessoal, quase anônima. Já era noite; do poeirento jardim subiu o grito inútil de um pássaro. Lönnrot considerou pela última vez o problema das mortes simétricas e periódicas.

— No seu labirinto sobram três linhas — disse por fim. — Eu sei de um labirinto grego que é uma linha única, reta. Nessa linha tantos filósofos se perderam que bem pode nela se perder um mero detetive. Scharlach, quando noutro avatar o senhor me caçar, finja (ou cometa) um crime em A, logo um segundo crime em B, a oito quilômetros de A, em seguida um crime em C, a quatro quilômetros de A e de B, na metade do caminho entre os dois. Aguarde-me depois em D, a dois quilômetros de A e de C, de novo na metade do caminho. Mate-me em D, como agora vai me matar em Triste-le-Roy.

— Para a outra vez que o matar — replicou Scharlach —, prometo-lhe esse labirinto, que consta de uma única linha reta e que é invisível, incessante.

Retrocedeu alguns passos. Depois, muito cuidadosamente, abriu fogo.

1942

o milagre secreto

E Deus o fez morrer durante cem anos
e depois o animou e lhe disse:
— Quanto tempo estiveste aqui?
— Um dia ou parte de um dia — respondeu.
Alcorão, *II, 261*

Na noite de 14 de março de 1939, num apartamento da Zeltnergasse de Praga, Jaromir Hladik, autor da tragédia inacabada *Os inimigos*, de uma *Defesa da eternidade* e de um exame das fontes judaicas indiretas de Jakob Boehme, sonhou com uma longa partida de xadrez. Não a disputavam dois indivíduos, mas duas ilustres famílias; a partida tinha sido travada havia muitos séculos; ninguém era capaz de nomear o esquecido prêmio, mas se murmurava que era enorme e talvez infinito; as peças e o tabuleiro estavam numa torre secreta; Jaromir (no sonho) era o primogênito de uma das famílias hostis; nos relógios ressoava a hora da inadiável jogada; o sonhador corria pelas areias de um deserto chuvoso e não conseguia recordar as figuras nem as leis do xadrez. Nesse ponto, despertou. Cessaram os estrondos da chuva e dos terríveis relógios. Um ruído compassado e unânime, cortado por algumas vozes de comando, subia da Zeltnergasse. Era o amanhecer; as vanguardas blindadas do Terceiro Reich entravam em Praga.

No dia 19, as autoridades receberam uma denúncia; no entardecer do mesmo dia, Jaromir Hladik foi preso. Conduziram-no a um quartel branco e asséptico, na margem oposta do Moldávia. Não pôde se defender de nenhuma das acusações da Gestapo: seu sobrenome materno era Jaroslavski, seu sangue era judeu, seu estudo sobre Boehme era judaizante, sua assinatura alongava a lista final de um protesto contra o *Anschluss*. Em 1928, traduzira a *Sepher Yezirah* para a editora Hermann Barsdorf; o efusivo catálogo dessa casa tinha exagerado comercialmente o renome do tradutor; esse catálogo foi folheado por Julius Rothe, um dos chefes em cujas mãos estava a sorte de Hladik. Não há homem que, fora de sua especialidade, não seja crédulo; dois ou três adjetivos em letra gótica bastaram para que Julius Rothe admitisse a preeminência de Hladik e dispusesse que o condenassem à morte, *"pour encourager les autres"*. Fixou-se o dia 29 de março, às nove a.m. Essa demora (cuja importância o leitor depois apreciará) devia-se ao desejo administrativo de agir impessoal e pausadamente, como os vegetais e os planetas.

O primeiro sentimento de Hladik foi de puro terror. Pensou que não o teriam aterrorizado a forca, a decapitação ou a degola, mas que morrer fuzilado era intolerável. Em vão repetiu para si mesmo que o ato simples e geral de morrer era o temível, não as circunstâncias concretas. Não se cansava de imaginar essas circunstâncias: absurdamente procurava esgotar todas as variantes. Antecipava o processo infinitamente, desde o insone amanhecer até a misteriosa descarga. Antes do dia prefixado por Julius Rothe, morreu centenas de mortes, em pátios cujas formas e cujos ângulos esgotavam a geometria, metralhado por soldados diversos, em número variável, que às vezes o executavam de longe; outras, de muito perto. Enfrentava com verdadeiro temor (talvez com verdadeira coragem) essas execuções imaginárias; cada simulacro durava uns poucos segundos; fechado o círculo, Jaromir voltava interminavelmente às trêmulas vésperas de sua morte. Logo refletiu que a realidade não costuma coincidir com as previsões; com lógica perversa inferiu que prever um detalhe circunstancial é impedir que este aconteça. Fiel a essa frágil mágica, inventava, *para que não acontecessem*, incidentes atrozes; naturalmente, acabou por temer que esses incidentes fossem proféticos. Miserável durante a noite, procurava se afirmar de algum modo na substância fugitiva do tempo. Sabia que este se precipitava ao chegar o amanhecer do dia 29; pensava em voz alta: "Agora estou na noite do dia 22; enquanto durar esta noite (e seis noites mais) permaneço invulnerável, imortal". Pensava que as noites de sono eram poços profundos e escuros em que podia submergir. Às vezes ansiava com impaciência pela descarga definitiva, que o redimiria, bem ou mal, de sua vã tarefa de imaginar. No dia 28, quando o último ocaso reverberava nas altas barras, desviou-o dessas considerações abjetas a imagem de seu drama *Os inimigos*.

Hladik havia ultrapassado os quarenta anos. Exceto algumas amizades e muitos hábitos, o problemático exercício da literatura constituía a sua vida; como todo escritor, media as virtudes alheias pelo poder de realização e pedia que os outros o avaliassem pelo que ele entrevia ou projetava. Todos os livros que dera à luz lhe infundiam um complexo arrependimento. Em seus exames das obras de Boehme, Abnesra e Flood, tinha intervindo essencialmente a mera aplicação; em sua tradução da *Sepher Yezirah*, a negligência, o cansaço e a conjectura. Julgava menos deficiente, talvez, a *Defesa da eternidade*: o primeiro volume historia as diversas eternidades que os homens imaginaram, desde o imóvel Ser de Parmênides até o passado modificável de Hinton; o segundo nega (com Francis Bradley) que todos os fatos do universo se integrem numa série temporal. Conclui que não é infinito o número de possíveis experiências do homem e que basta uma única "repetição" para demonstrar que o tempo é uma falácia... Infelizmente, não são menos falazes os argumentos que demonstram essa falácia; Hladik costumava percorrê-los com certa desdenhosa perplexidade. Também redigira uma série de poemas expressionistas; estes, para a confusão do poeta, figuraram numa antologia de 1924 e não houve antologia posterior que não os herdasse. De todo esse passado equívoco e lânguido, Hladik queria se redimir com o drama em versos *Os inimigos.* (Hladik preconizava o verso porque ele impede que os espectadores se esqueçam da irrealidade, que é a condição da arte.)

Esse drama observava as unidades de tempo, lugar e ação; transcorria em Hradcany, na biblioteca do barão de Roemerstadt, numa das derradeiras tardes do século XIX. Na primeira cena do primeiro ato, um desconhecido visita Roemerstadt. (Um relógio dá as sete, uma veemência de último sol exalta as vidraças, o ar traz, arrebatada e reconhecível, uma música húngara.) A esta visita seguem-se outras; Roemerstadt não conhece as pessoas que o importunam, mas tem a incômoda impressão de já tê-las visto, talvez num sonho. Todos o adulam exageradamente, mas é notório — primeiro para os espectadores do drama, logo para o próprio barão — que são inimigos secretos, conjurados para destruí-lo. Roemerstadt consegue detê-los ou enganá-los em suas complexas intrigas; no diálogo, aludem à noiva dele, Julia de Weidenau, e a um tal de Jaroslav Kubin, que certa vez a importunou com seu amor. Este, agora, enlouqueceu e acredita ser Roemerstadt... Os perigos agravam-se; Roemerstadt, no final do segundo ato, vê-se na obrigação de matar um conspirador. Começa o terceiro ato, o último. Crescem gradualmente as incoerências: voltam atores que pareciam já descartados da trama; volta, por um instante, o homem morto por Roemerstadt. Alguém observa que não entardeceu: o relógio dá as sete, nas altas vidraças reverbera o sol ocidental, o ar traz a arrebatada música húngara. Aparece o primeiro interlocutor e repete as palavras que pronunciou na primeira cena do primeiro ato. Roemerstadt fala com ele sem assombro; o espectador entende que Roemerstadt é o miserável Jaroslav Kubin. O drama não aconteceu: é o delírio circular que Kubin vive e revive interminavelmente.

Hladik nunca tinha se perguntado se essa tragicomédia de erros era fútil ou admirável, rigorosa ou casual. No argumento que acabo de esboçar, ele intuía a invenção mais apta para dissimular seus defeitos e exercitar suas felicidades, a possibilidade de resgatar (de maneira simbólica) o fundamental de sua vida. Havia já terminado o primeiro ato e alguma cena do terceiro; o caráter métrico da obra permitia-lhe examiná-la continuamente, retificando os hexâmetros, sem o manuscrito à vista. Pensou que ainda lhe faltavam dois atos e que dentro em breve ia morrer. No escuro, falou com Deus. "Se de algum modo eu existo, se não sou uma de tuas repetições e erratas, existo como autor d'*Os inimigos*. Para pôr termo a este drama, que pode me justificar e te justificar, necessito um ano mais. Concede-me esses dias, Tu, a Quem pertencem os séculos e o tempo." Era a última noite, a mais atroz, mas dez minutos depois o sono o impregnou como uma água escura.

De madrugada, sonhou que tinha se escondido numa das naves da biblioteca do Clementinum. Um bibliotecário de óculos escuros perguntou-lhe: "O que você procura?". Hladik replicou-lhe: "Procuro a Deus". O bibliotecário disse-lhe: "Deus está numa das letras de uma das páginas de um dos quatrocentos mil tomos do Clementinum. Meus pais e os pais de meus pais procuraram essa letra; eu fiquei cego procurando-a". Tirou os óculos e Hladik viu os olhos, que estavam mortos. Um leitor entrou para devolver um atlas. "Este atlas é inútil", disse, e deu-o a Hladik. Este o abriu ao acaso. Viu um mapa da Índia, vertiginoso. Repentinamente seguro, tocou uma das mínimas letras. Uma voz ubíqua disse-lhe: "O tempo de seu trabalho foi concedido". Aqui Hladik despertou.

Recordou-se de que os sonhos dos homens pertencem a Deus e que Maimônides escreveu que são divinas as palavras de um sonho, quando são distintas e claras e não se pode ver quem as disse. Vestiu-se; dois soldados entraram na cela e ordenaram-lhe que os seguisse.

Do outro lado da porta, Hladik tinha previsto um labirinto de galerias, escadas e pavilhões. A realidade foi menos rica: desceram a um pátio interno por uma única escada de ferro. Vários soldados — alguns de uniforme desabotoado — examinavam uma motocicleta e discutiam. O sargento olhou para o relógio: eram oito e quarenta e quatro minutos. Era preciso esperar que dessem as nove. Hladik, mais insignificante que infeliz, sentou-se num monte de lenha. Observou que os olhos dos soldados fugiam dos seus. Para aliviar a espera, o sargento deu-lhe um cigarro. Hladik não fumava; aceitou-o por cortesia ou por humildade. Ao acendê-lo, viu que lhe tremiam as mãos. O dia ficou nublado; os soldados falavam em voz baixa como se ele já estivesse morto. Em vão, procurou se recordar da mulher cujo símbolo era Julia de Weidenau...

Formou-se o pelotão, posicionou-se. Hladik, de pé contra a parede do quartel, esperou a descarga. Alguém receou que a parede ficasse manchada de sangue; ordenaram então ao réu que avançasse alguns passos. Hladik, absurdamente, lembrou-se das vacilações preliminares dos fotógrafos. Uma pesada gota de chuva roçou uma de suas têmporas e rolou lentamente por sua face; o sargento vociferou a ordem final.

O universo físico deteve-se.

As armas convergiam sobre Hladik, mas os homens que iam matá-lo permaneciam imóveis. O braço do sargento eternizava um gesto inacabado. Numa laje do pátio uma abelha projetava uma sombra fixa. O vento cessara, como num quadro. Hladik ensaiou um grito, uma sílaba, um torcimento da mão. Compreendeu que estava paralisado. Não lhe chegava nem o mais tênue rumor do mundo estagnado. Pensou "estou no inferno, estou morto". Pensou "estou louco". Pensou "o tempo parou". Logo refletiu que, nesse caso, também seu pensamento teria parado. Quis pô-lo à prova: repetiu (sem mover os lábios) a misteriosa Quarta Égloga de Virgílio. Imaginou que os soldados já remotos compartilhavam sua angústia; almejou poder se comunicar com eles. Surpreendeu-se de não sentir cansaço algum, nem sequer a vertigem de sua longa imobilidade. Adormeceu, depois de um tempo indeterminado. Quando despertou, o mundo continuava imóvel e surdo. Em sua face perdurava a gota d'água; no pátio, a sombra da abelha; a fumaça do cigarro que havia jogado não acabava nunca de se dispersar. Outro "dia" passou, antes que Hladik entendesse.

Um ano inteiro tinha solicitado a Deus para terminar seu trabalho: um ano a onipotência divina lhe concedia. Deus praticava para ele um milagre secreto: o chumbo alemão iria matá-lo, na hora determinada, mas em sua mente um ano transcorria entre a ordem e a execução da ordem. Da perplexidade passou ao estupor, do estupor à resignação, da resignação ao súbito agradecimento.

Não dispunha de outro documento a não ser a memória; a aprendizagem de cada hexâmetro que acrescentava lhe impôs um feliz rigor de que não podem suspeitar os que se aventuram, esquecendo parágrafos provisórios e vagos. Não trabalhou para a posteridade nem mesmo para Deus, de cujas preferências literárias pouco sabia. Minucioso, imóvel, secreto, urdiu no tempo seu alto labirinto invisível. Refez o terceiro ato duas vezes. Eliminou algum símbolo demasiado evidente: as repetidas badaladas, a música. Nenhuma circunstância o importunava. Omitiu, abreviou, amplificou; em certos casos, optou pela versão primitiva. Chegou a querer bem ao pátio, ao quartel; um dos rostos que o defrontavam modificou sua concepção do caráter de Roemerstadt. Descobriu que as árduas cacofonias que tanto alarmaram Flaubert são meras superstições visuais: fraquezas e doenças da palavra escrita, não da palavra sonora... Pôs fim a seu drama: já não lhe faltava resolver senão um epíteto. Encontrou-o; a gota d'água resvalou em sua face. Iniciou um grito enlouquecido, mexeu o rosto, a quádrupla descarga o derrubou.

Jaromir Hladik morreu no dia 29 de março, às nove horas e dois minutos da manhã.

1943

três versões
de judas

There seemed a certainty in degradation.
T. E. Lawrence, *Seven Pillars of Wisdom*, CIII

Na Ásia Menor ou em Alexandria, no século II de nossa fé, quando Basílides publicava que o cosmos era uma temerária ou malvada improvisação de anjos deficientes, Nils Runeberg teria dirigido, com singular paixão intelectual, um dos conventículos gnósticos. Dante talvez o tivesse destinado a um sepulcro de fogo; seu nome aumentaria o catálogo dos heresiarcas menores, entre Satornilo e Carpócrates; algum fragmento de suas prédicas, ornado de injúrias, perduraria no apócrifo *Liber adversus omnes haereses* ou teria perecido quando o incêndio de uma biblioteca monástica devorou o último exemplar do *Syntagma*. Em compensação, Deus lhe concedeu o século XX e a cidade universitária de Lund. Aí, em 1904, publicou a primeira edição de *Kristus och Judas*; aí, em 1909, seu livro capital *Den hemlige Frälsaren*. (Deste último há uma versão alemã, realizada em 1912 por Emil Schering; chama-se *Der heimliche Heiland*.)

Antes de ensaiar um exame dos trabalhos citados, urge repetir que Nils Runeberg, membro da União Evangélica Nacional, era profundamente religioso. Num cenáculo de Paris ou mesmo de Buenos Aires, um literato poderia muito bem redescobrir as teses de Runeberg; essas teses, propostas num cenáculo, seriam ligeiros exercícios inúteis da negligência ou da blasfêmia. Para Runeberg, foram a chave que decifra um mistério central da teologia; foram matéria de meditação e análise, de controvérsia histórica e filológica, de soberba, júbilo e terror. Justificaram e desbarataram sua vida. Aqueles que percorrerem este artigo, deverão levar em conta igualmente que ele registra apenas as conclusões de Runeberg, não sua dialética e suas provas. Alguém poderá observar que a conclusão precedeu, sem dúvida, as "provas". Quem se resigna a procurar provas de algo em que não crê ou cuja prédica não lhe importa?

A primeira edição de *Kristus och Judas* traz esta epígrafe categórica, cujo sentido, anos depois, o próprio Nils Runeberg ampliaria monstruosamente: "Não apenas uma coisa, todas as coisas que a tradição atribui a Judas Iscariote são falsas" (De Quincey, 1857). Precedido por algum alemão, De Quincey especulou que Judas delatou Jesus Cristo para forçá-lo a declarar sua divindade e a acender uma vasta rebelião contra o jugo de Roma; Runeberg sugere uma defesa de índole metafísica. Habilmente, começa por destacar a superfluidade do ato de Judas. Observa (como Robertson) que, para identificar um mestre que diariamente pregava na sinagoga e praticava milagres diante de multidões de milhares de homens, não se necessita da traição de um apóstolo. Isso, contudo, aconteceu. Supor um erro na Escritura é intolerável; não menos intolerável é admitir um fato casual no mais precioso acontecimento da história do mundo. *Ergo*, a traição de Judas não foi casual; foi um fato prefixado que tem um lugar misterioso na economia da redenção. Prossegue Runeberg: o Verbo, quando foi feito carne, passou da ubiquidade ao espaço, da eternidade à história, da bem-aventurança sem limites à mudança e à morte; para corresponder a tal sacrifício, era preciso que um homem, representando todos os homens, fizesse um sacrifício condigno. Judas Iscariote foi esse homem. Judas, o único entre os apóstolos que intuiu a secreta divindade e o terrível propósito de Jesus. O Verbo tinha se rebaixado a mortal; Judas, discípulo do Verbo, podia se rebaixar a delator (o pior delito que a infâmia suporta) e a ser hóspede do fogo que não se apaga. A ordem inferior é um espelho da ordem superior; as formas da terra correspondem às formas do céu; as manchas da pele são um mapa das incorruptíveis constelações; Judas reflete de algum modo Jesus. Daí os trinta dinheiros e o beijo; daí a morte voluntária, para merecer ainda mais a Reprovação. Assim Nils Runeberg elucidou o enigma de Judas.

Os teólogos de todas as confissões o refutaram. Lars Peter Engström acusou-o de ignorar, ou de preterir, a união hipostática; Axel Borelius, de renovar a heresia dos docetas, que negaram a humanidade de Jesus; o acerado bispo de Lund, de contradizer o terceiro versículo do capítulo 22 do Evangelho de São Lucas.

Estes variados anátemas influíram em Runeberg, que reescreveu parcialmente o livro reprovado e modificou sua doutrina. Cedeu aos adversários o terreno teológico e propôs oblíquas razões de ordem moral. Admitiu que Jesus, "que dispunha dos consideráveis recursos que a Onipotência pode oferecer", não precisava de um homem para redimir a todos os homens. Rebateu, depois, os que afirmam que nada sabemos do inexplicável traidor; sabemos, disse, que foi um dos apóstolos, um dos escolhidos para anunciar o reino dos céus, para curar doentes, para limpar leprosos, para ressuscitar mortos e para expulsar demônios (Mateus 10,7-8; Lucas 9,1). Um varão a quem o Redentor assim distinguiu merece de nós a melhor interpretação de seus atos. Imputar seu crime à cobiça (como fizeram alguns, alegando João 12,6) é resignar-se ao móvel mais grosseiro. Nils Runeberg propõe o móvel contrário: um hiperbólico e até ilimitado ascetismo. O asceta, para maior glória de Deus, envilece e mortifica a carne; Judas fez o mesmo com o espírito. Renunciou à honra, ao bem, à paz, ao reino dos céus, como outros, menos heroicamente, ao prazer.[1] Premeditou com lucidez terrível suas culpas. No adultério costumam participar a ternura e a abnegação; no homicídio, a coragem; nas profanações e na blasfêmia, certo fulgor satânico. Judas escolheu aquelas culpas não visitadas por nenhuma virtude: o abuso de confiança (João 12,6) e a delação. Agiu com gigantesca humildade, acreditou que era indigno de ser bom. Paulo escreveu: *Aquele que se glorifica glorifique-se no Senhor* (1Coríntios 1,31); Judas buscou o Inferno porque a ventura do Senhor lhe bastava. Pensou que a felicidade, como o bem, é um atributo divino e que os homens não devem usurpá-lo.[2]

---

1 Borelius indaga, com graça: "Por que não renunciou a renunciar? Por que não a renunciar a renunciar?".

2 Euclides da Cunha, num livro ignorado por Runeberg, anota que para o heresiarca de Canudos, Antônio Conselheiro, a virtude "era quase uma impiedade". O leitor argentino recordará passagens análogas na obra de Almafuerte. Runeberg publicou, na folha simbólica *Sju insegel*, um assíduo poema descritivo, *A água secreta*; as primeiras estrofes narram os fatos de um dia tumultuoso; as últimas, o achado de um lago glacial; o poeta sugere que a permanência dessa água silenciosa corrige nossa inútil violência e de algum modo a permite e absolve. O poema conclui assim: "A água da selva é feliz; podemos ser malvados e dolorosos".

Muitos descobriram, *post factum*, que nos justificáveis começos de Runeberg está seu extravagante fim e que *Den hemlige Frälsaren* é uma mera perversão ou exasperação de *Kristus och Judas*. Em fins de 1907, Runeberg terminou e reviu o texto manuscrito; quase dois anos transcorreram sem que o entregasse para publicação. Em outubro de 1909, o livro apareceu com um prólogo (morno a ponto de ser até enigmático) do hebraísta dinamarquês Erik Erfjord e com esta pérfida epígrafe: "No mundo estava e o mundo foi feito por ele, e o mundo não o conheceu" (João 1,10). O argumento geral não é complexo, se bem que a conclusão seja monstruosa. Deus, argumenta Nils Runeberg, rebaixou-se a ser homem para a redenção do gênero humano; cabe conjecturar que foi perfeito o sacrifício por Ele realizado, não invalidado nem atenuado por omissões. Limitar o que Ele padeceu à agonia de uma tarde na cruz é blasfematório.[3] Afirmar que Ele foi homem e incapaz de pecado envolve uma contradição; os atribu-

---

3 Maurice Abramowicz observa: "*Jésus, d'après ce scandinave, a toujours le beau rôle; ses déboires, grâce à la science des typographes, jouissent d'une réputation polyglotte; sa résidence de trente-trois ans parmi les humains ne fut, en somme, qu'une villégiature*" ["Jesus, de acordo com esse escandinavo, tem sempre o bom papel; seus dissabores, em virtude da ciência dos tipógrafos, gozam de uma reputação em várias línguas; sua permanência por trinta e três anos entre os humanos não passou, em suma, de uma vilegiatura"]. Erfjord, no terceiro apêndice da *Christelige Dogmatik*, refuta essa passagem. Anota que a crucificação de Deus não cessou, porque o acontecido uma única vez no tempo se repete sem trégua na eternidade. Judas, *agora*, continua recebendo as moedas de prata; continua beijando Jesus Cristo; continua jogando as moedas de prata no templo; continua dando o laço na corda no campo de sangue. (Erfjord, para justificar essa afirmação, invoca o último capítulo do primeiro tomo da *Defesa da eternidade*, de Jaromir Hladik.)

tos de *impeccabilitas* e de *humanitas* não são compatíveis. Kemnitz admite que o Redentor pôde sentir cansaço, frio, perturbação, fome e sede; também cabe admitir que pôde pecar e se perder. O famoso texto "Brotará como raiz de terra sedenta; não há bom parecer nele, nem beleza; desprezado e o último dos homens; varão de dores, experimentado em quebrantos" (Isaías 53,2-3) é para muitos uma previsão do crucificado, na hora de sua morte; para alguns (*verbi gratia*, Hans Lassen Martensen), uma refutação da beleza que o consenso do vulgo atribui a Cristo; para Runeberg, a exata profecia não de um momento, mas de todo o futuro atroz, no tempo e na eternidade, do Verbo feito carne. Deus se fez homem totalmente, mas homem até a infâmia, homem até a reprovação e o abismo. Para nos salvar, pôde escolher *qualquer um* dos destinos que tramam a perplexa rede da história; pôde ser Alexandre ou Pitágoras, Rurik ou Jesus; escolheu um destino ínfimo: foi Judas.

Em vão as livrarias de Estocolmo e Lund propuseram essa revelação. Os incrédulos consideraram-na, *a priori*, um insípido e trabalhoso jogo teológico; os teólogos desdenharam-na. Runeberg intuiu nessa indiferença ecumênica uma quase milagrosa confirmação. Deus ordenava essa indiferença; Deus não queria que se propalasse na Terra Seu terrível segredo. Runeberg compreendeu que não era chegada a hora. Sentiu que estavam convergindo sobre ele antigas maldições divinas; recordou-se de Elias e Moisés, que na montanha taparam o rosto para não ver a Deus; de Isaías, que caiu por terra quando seus olhos viram Aquele cuja glória preenche a Terra; de Saul, cujos olhos ficaram cegos no caminho de Damasco; do rabino Simeão ben Azaí, que viu o Paraíso e morreu;

do famoso feiticeiro João de Viterbo, que enlouqueceu quando pôde ver a Trindade; dos Midrashim, que abominam os ímpios que pronunciam o *Shem Hamephorash*, o Secreto Nome de Deus. Não era, talvez, culpado desse crime obscuro? Não seria essa a blasfêmia contra o Espírito, a que não será perdoada? (Mateus 12,31). Valerio Sorano morreu por ter divulgado o nome oculto de Roma; que infinito castigo seria o seu, por ter descoberto e divulgado o horrível nome de Deus?

Ébrio de insônia e de vertiginosa dialética, Nils Runeberg errou pelas ruas de Malmö, rogando aos gritos que lhe fosse concedida a graça de compartilhar com o Redentor o Inferno.

Morreu da ruptura de um aneurisma, no dia 1º de março de 1912. Os heresiólogos talvez se lembrem dele; acrescentou ao conceito do Filho, que parecia esgotado, as complexidades do mal e do infortúnio.

1944

o fim

Recabarren, deitado, entreabriu os olhos e viu o forro oblíquo de junco. Do outro cômodo, chegava o rasqueado de um violão, uma espécie de pobríssimo labirinto que se enredava e desatava infinitamente... Recobrou pouco a pouco a realidade, as coisas cotidianas que nunca trocaria por outras. Olhou sem pena o seu corpo grande e inútil, o poncho de lã ordinária que lhe envolvia as pernas. Fora, além das barras da janela, estendiam-se a planície e a tarde; tinha dormido, mas ainda restava muita luz no céu. Com o braço esquerdo tateou, até dar com uma sineta de bronze que estava ao pé do catre. Agitou-a uma ou duas vezes; do outro lado da porta continuavam chegando até ele os modestos acordes. O tocador era um preto que havia aparecido uma noite com pretensões a cantor e provocara outro forasteiro para um longo desafio de improviso. Vencido, continuava frequentando a venda, como se esperasse alguém. Passava as horas com o violão, mas não voltara a cantar; é provável que a derrota o tivesse magoado. As pessoas já iam se acostumando com aquele homem inofensivo. Recabarren, dono do armazém, não poderia esquecer o desafio; no dia seguinte, ao arrumar umas partidas de erva-mate, seu lado direito ficara repentinamente paralisado e perdera a fala. À força de sentirmos piedade dos heróis de romance, acabamos sentindo excessiva piedade de nossas próprias desgraças; não assim o sofrido Recabarren, que aceitou a paralisia como antes aceitara o rigor e as solidões da América. Habituado a viver no presente, como os animais, agora olhava para o céu e pensava que o círculo vermelho ao redor da lua era sinal de chuva.

Um menino com traços de índio (filho dele, talvez) entreabriu a porta. Recabarren perguntou-lhe com os olhos se havia algum freguês. O menino, taciturno, disse-lhe por sinais que não; o preto não contava. O homem prostrado ficou sozinho; sua mão esquerda brincou algum tempo com o cincerro, como se exercesse um poder.

A planície, sob o último sol, era quase abstrata, como se vista num sonho. Um ponto agitou-se no horizonte e cresceu até virar um cavaleiro, que vinha, ou parecia vir, para a casa. Recabarren viu o chapelão, o longo poncho escuro, o cavalo mouro, mas não a cara do homem que, por fim, reteve o galope e veio se aproximando a trote lento. A umas duzentas varas, virou. Recabarren não o viu mais, mas ouviu-o resmungar, apear, amarrar o cavalo ao palanque e entrar com passo firme na venda.

Sem erguer os olhos do instrumento, em que parecia procurar alguma coisa, o preto disse com doçura:

— Eu bem sabia que podia contar com o senhor.

E o outro, com voz áspera, retrucou:

— E eu com você, moreno. Eu o fiz esperar uma porção de dias, mas aqui estou.

Houve um silêncio. Por fim, o preto respondeu:

— Estou ficando acostumado a esperar. Esperei sete anos.

O outro explicou sem pressa:

— Passei mais de sete anos sem ver meus filhos. Encontrei com eles aquele dia e não quis me mostrar como homem que anda por aí dando punhaladas.

— Já estou sabendo — disse o preto. — Espero que tenham ficado com saúde.

O forasteiro, que tinha sentado no balcão, riu com vontade. Pediu uma cachaça e provou-a sem terminá-la.

— Dei bons conselhos para eles — declarou —, que nunca são demais e não custam nada. Disse, entre outras coisas, que o homem não deve derramar sangue do homem.

Um lento acorde precedeu a resposta do preto:

— Fez bem. Assim não vão parecer com a gente.

— Pelo menos não comigo — disse o forasteiro. E acrescentou como se pensasse em voz alta: — Meu destino quis que eu matasse e agora, outra vez, me põe a faca na mão.

O preto, como se não ouvisse, observou:

— No outono os dias vão ficando mais curtos.

— A luz que sobra me basta — replicou o outro, pondo-se de pé.

Tomou posição diante do preto e disse-lhe, como que cansado:

— Deixe em paz o violão, que hoje o espera outra espécie de desafio.

Os dois encaminharam-se para a porta. O preto, ao sair, murmurou:

— Eu vou me dar tão mal neste, talvez, como no primeiro.

O outro contrapôs com seriedade:

— No primeiro você não se deu mal. O que aconteceu é que você andava com vontade de chegar até o segundo. Afastaram-se um tanto das casas, caminhando lado a lado. Qualquer lugar da planície era igual a outro e a lua resplandecia. De repente se olharam, pararam e o forasteiro tirou as esporas. Já estavam com o poncho no antebraço, quando o preto disse:

— Quero lhe pedir uma coisa antes que a gente se embole. Que neste encontro o senhor ponha toda a sua coragem e toda a sua esperteza, como naquele outro de sete anos atrás, quando matou meu irmão.

Quem sabe pela primeira vez em seu diálogo, Martín Fierro tenha ouvido o ódio. Sentiu no sangue, feito um acicate. Entreveraram-se, e o aço afiado faiscou e marcou a cara do preto.

Há uma hora da tarde em que a planície está a ponto de dizer alguma coisa; nunca o diz ou talvez o diga infinitamente e não entendemos, ou entendemos mas é intraduzível como uma música... Do catre, Recabarren viu o fim. Uma investida e o preto recuou, perdeu pé, ameaçou um golpe no rosto e se esticou numa punhalada profunda, que penetrou na barriga. Depois veio outra, que o dono da venda não chegou a divisar, e Fierro não se levantou. Imóvel, o preto parecia vigiar sua custosa agonia. Limpou o facão ensanguentado no pasto e voltou para as casas com lentidão, sem olhar para trás. Cumprida sua tarefa de justiceiro, agora era ninguém. Melhor dizendo, era o outro: não tinha destino sobre a Terra e matara um homem.

a seita da fênix

Aqueles que escrevem que a seita da Fênix teve sua origem em Heliópolis, derivando-a da restauração religiosa que sucedeu à morte do reformador Amenófis IV, citam textos de Heródoto, de Tácito e dos monumentos egípcios, mas ignoram, ou querem ignorar, que a denominação de Fênix não é anterior a Hrabano Mauro e que as fontes mais antigas (as *Saturnais* ou Flávio Josefo, digamos) falam somente da Gente do Costume ou da Gente do Segredo. Já Gregorovius observou, nos conventículos de Ferrara, que a menção da Fênix era raríssima na linguagem oral; em Genebra conversei com artesãos que não me compreenderam quando indaguei se eram homens da Fênix mas que admitiram, de imediato, serem homens do Segredo. Se não me engano, algo semelhante acontece com os budistas; o nome pelo qual são conhecidos no mundo não é o que eles pronunciam.

Miklosich, numa página demasiado famosa, equiparou os sectários da Fênix com os ciganos. No Chile e na Hungria há ciganos e também há sectários; além dessa espécie de ubiquidade, muito pouco têm em comum uns e outros. Os ciganos são negociantes, caldeireiros, ferreiros e ledores da sorte; os sectários costumam exercer felizmente as profissões liberais. Os ciganos configuram um tipo físico e falam, ou falavam, um idioma secreto; os sectários confundem-se com os demais e a prova é que não sofreram perseguições. Os ciganos são pitorescos e inspiram os maus poetas; os romances, os cromos e os boleros omitem os sectários... Martin Buber declara que os judeus são essencialmente patéticos; nem todos os sectários o são e alguns abominam o pateticismo; esta pública e notória verdade basta para refutar o erro vulgar (absurdamente defendido por Urmann) que vê na Fênix uma derivação de Israel. As pessoas raciocinam mais ou menos assim: Urmann era um homem sensível; Urmann era judeu; Urmann frequentou os sectários nos guetos de Praga; a afinidade que Urmann sentiu prova um fato real. Sinceramente, não posso concordar com essa opinião. Que os sectários num meio judaico se pareçam com os judeus não prova nada; o inegável é que se parecem, como o infinito Shakespeare de Hazlitt, com todos os homens do mundo. São tudo para todos, como o Apóstolo; dias atrás o doutor Juan Francisco Amaro, de Paysandú, ponderou a facilidade com que se acrioulavam.

Eu disse que a história da seita não registra perseguições. Isso é verdade, mas, como não há grupo humano em que não figurem partidários da Fênix, é verdade também que não há perseguição ou rigor que estes não tenham sofrido e executado. Nas guerras ocidentais e nas remotas guerras da Ásia verteram seu sangue secularmente, sob bandeiras inimigas; de muito pouco lhes vale identificar-se com todas as nações do globo.

Sem um livro sagrado que os congregue como a Escritura no caso de Israel, sem uma memória comum, sem essa outra memória que é um idioma, esparramados pela face da Terra, diversos na cor e nas feições, uma única coisa — o Segredo — os une e os unirá até o fim dos dias. Um dia, além do Segredo, houve uma lenda (e talvez um mito cosmogônico), mas os superficiais homens da Fênix esqueceram-na e guardam apenas a obscura tradição de um castigo. De um castigo, pacto ou privilégio, porque as versões diferem e quase não deixam entrever o juízo de um Deus que assegura a uma estirpe a eternidade, se os seus homens, geração após geração, executarem um rito. Consultei os informes dos viajantes, conversei com os patriarcas e os teólogos; posso dar fé de que o cumprimento do rito é a única prática religiosa que os sectários observam. O rito constitui o Segredo. Este, como já indiquei, é transmitido de geração a geração, mas o uso não quer que as mães o ensinem aos filhos, tampouco os sacerdotes; a iniciação no mistério é tarefa dos indivíduos mais baixos. Um escravo, um leproso ou um mendigo servem de mistagogos. Também um menino pode doutrinar outro menino. O ato em si é trivial, momentâneo e não requer descrição. Os materiais são a cortiça, a cera ou a goma-arábica. (Na liturgia fala-se de barro; o barro também é utilizado.) Não há templos especialmente dedicados à celebração deste culto, mas uma ruína, um porão ou um corredor são considerados lugares propícios. O Segredo é sagrado, mas não deixa de ser um pouco ridículo; seu exercício é furtivo e até clandestino e os adeptos não falam dele. Não há palavras decentes para nomeá-lo, mas se entende que todas as palavras o nomeiam, ou, melhor dizendo, aludem a ele inevitavelmente, e assim, dialogando, eu disse uma coisa qualquer e os adeptos sorriram ou ficaram incomodados, porque sentiram que eu tinha tocado no Segredo. Nas literaturas germânicas há poemas escritos por sectários cujo assunto ostensivo é o mar ou o crepúsculo da noite; são, de algum modo, símbolos do Segredo, conforme ouço repetir. *"Orbis terrarum est speculum Ludi"* reza um adágio apócrifo que Du Cange registrou em seu *Glossário*. Uma espécie de horror sagrado impede que alguns fiéis executem o simplíssimo rito; os demais os desprezam, mas eles se desprezam ainda mais. Gozam de muito crédito, em compensação, aqueles que deliberadamente renunciam ao Costume e conseguem um comércio direto com a divindade; estes, para manifestar esse comércio, fazem-no com figuras da liturgia e assim John of the Rood escreveu:

Saibam os Nove Firmamentos que o Deus
é deleitável como a Cortiça e o Barro.

Mereci em três continentes a amizade de muitos devotos da Fênix; ao que me consta, o Segredo, no princípio, pareceu-lhes fútil, penoso, vulgar e (o que é mesmo mais estranho) incrível. Não queriam admitir que seus pais tivessem se rebaixado a tais práticas. O esquisito é que o Segredo não se tenha perdido já há muito tempo; a despeito das vicissitudes do planeta, a despeito das guerras e dos êxodos, chega, formidavelmente, a todos os fiéis. Alguém não vacilou em afirmar que já se tornou instintivo.

o sul

O homem que desembarcou em Buenos Aires em 1871 se chamava Johannes Dahlmann e era pastor da Igreja evangélica; em 1939, um de seus netos, Juan Dahlmann, era secretário de uma biblioteca municipal na rua Córdoba e sentia-se profundamente argentino. Seu avô materno tinha sido aquele Francisco Flores, do 2 de infantaria de linha, que morreu na fronteira de Buenos Aires, ferido de lança pelos índios de Catriel; na discórdia de suas duas linhagens, Juan Dahlmann (talvez por impulso do sangue germânico) escolheu a desse antepassado romântico, ou de morte romântica. O estojo com o daguerreótipo de um homem inexpressivo e barbudo, uma velha espada, a felicidade e a coragem de certas músicas, o hábito das estrofes de *Martín Fierro*, os anos, a indiferença e a solidão fomentaram esse crioulismo um tanto voluntário, mas nunca ostensivo. À custa de algumas privações, Dahlmann havia conseguido salvar a sede de uma estância no Sul, que foi dos Flores; um dos costumes de sua memória era a imagem dos eucaliptos balsâmicos e da comprida casa rosada que um dia foi carmesim. O trabalho e talvez a indolência o retinham na cidade. Verão após verão ele se contentava

160

com a ideia abstrata da posse e com a certeza de que sua casa o estava esperando, num lugar preciso da planície. Nos últimos dias de fevereiro de 1939, algo lhe aconteceu.

Cego às culpas, o destino pode ser impiedoso com as mínimas distrações. Dahlmann adquirira, naquela tarde, um exemplar avulso d'*As mil e uma noites* de Weil; ávido por examinar esse achado, não esperou que o elevador descesse e subiu com pressa as escadas; alguma coisa no escuro roçou sua testa, um morcego, um pássaro? No rosto da mulher que lhe abriu a porta, viu estampado o horror, e a mão que passou na testa ficou vermelha de sangue. A aresta de um batente recém-pintado que alguém se esqueceu de fechar lhe causara o ferimento. Dahlmann conseguiu dormir, mas de madrugada estava acordado e desde aquele momento o sabor de todas as coisas foi atroz. A febre o consumiu e as ilustrações d'*As mil e uma noites* serviram para decorar pesadelos. Amigos e parentes iam visitá-lo e com sorriso exagerado repetiam-lhe que o achavam muito bem. Dahlmann ouvia-os com uma espécie de minguado estupor e se maravilhava de que não soubessem que estava no inferno. Passaram oito dias, como oito séculos. Uma tarde, o médico habitual apresentou-se com um novo médico e o transportaram para uma clínica da rua Equador, porque era indispensável fazer uma radiografia. Dahlmann, no carro de praça que os levou, pensou que num quarto que não fosse o seu poderia, por fim, dormir. Sentiu-se feliz e conversador; quando chegou, despiram-no; rasparam-lhe a cabeça, prenderam-no com metais numa padiola, iluminaram-no até a cegueira e a vertigem, auscultaram-no e um homem mascarado lhe cravou uma agulha no braço. Acordou com náuseas, vendado, numa cela que tinha alguma coisa de poço e, nos dias e noites que se seguiram à operação, entendeu que até então apenas estivera num subúrbio do inferno. O gelo não deixava em sua boca o menor rastro de frescor. Naqueles dias, Dahlmann se odiou minuciosamente; odiou sua identidade, suas necessidades corporais, sua humilhação, a barba que lhe eriçava o rosto. Suportou com estoicismo os curativos, que eram muito dolorosos, mas, quando o cirurgião lhe disse que estivera a ponto de morrer de uma septicemia, Dahlmann começou a chorar, condoído de seu destino. As misérias físicas e a incessante previsão de más noites não o deixaram pensar em algo tão abstrato quanto a morte. Num outro dia, o cirurgião disse-lhe que ele estava se recuperando e, dentro em breve, poderia ir convalescer na estância. Incrivelmente, o dia prometido chegou.

À realidade agradam as simetrias e os leves anacronismos; Dahlmann chegara à clínica num carro de praça e agora um carro de praça o levava a Constitución. O primeiro frescor do outono, depois do verão opressivo, era como um símbolo natural de seu destino resgatado da morte e da febre. A cidade, às sete da manhã, não perdera aquele ar de casa velha que lhe infunde a noite; as ruas eram como longos corredores, as praças como pátios. Dahlmann a reconhecia com felicidade e um princípio de vertigem; alguns segundos antes que seus olhos as registrassem, recordava-se das esquinas, dos quiosques, das modestas singularidades de Buenos Aires. Na luz amarela do novo dia, todas as coisas voltavam para ele.

Ninguém ignora que o Sul começa do outro lado de Rivadavia. Dahlmann costumava repetir que isso não é uma convenção e que, se alguém atravessa essa rua, entra num mundo mais antigo e mais firme. Do carro procurava, em meio às edificações novas, a janela de grades, a aldrava, o arco da porta, o corredor de entrada, o pátio íntimo.

No hall da estação se deu conta de que faltavam trinta minutos. Lembrou-se de repente de que num café da rua Brasil (a poucos metros da casa de Yrigoyen) havia um enorme gato que se deixava acariciar pelos clientes, como uma divindade desdenhosa. Entrou. Lá estava o gato, adormecido. Pediu uma xícara de café, adoçou-o lentamente, provou-o (esse prazer lhe tinha sido vedado na clínica) e pensou, enquanto alisava o pelo negro, que aquele contato era ilusório e estavam como que separados por um vidro, porque o homem vive no tempo, na sucessão, e o mágico animal, na atualidade, na eternidade do instante.

Ao longo da penúltima plataforma o trem esperava. Dahlmann percorreu os vagões e deu com um quase vazio. Acomodou na rede a valise; quando o trem partiu, abriu-a e tirou, depois de alguma hesitação, o primeiro tomo d'*As mil e uma noites*. Viajar com aquele livro, tão vinculado à história de sua infelicidade, era uma afirmação de que aquela infelicidade tinha sido anulada e um desafio alegre e secreto às frustradas forças do mal.

Dos dois lados do trem, a cidade se desgarrava em subúrbios; esta visão e em seguida a dos jardins e chácaras demoraram o começo da leitura. A verdade é que Dahlmann leu pouco; a montanha de pedra imantada e o gênio que jurara matar seu benfeitor eram, quem pode negá-lo, maravilhosos, não muito mais, porém, que a manhã e o fato de ser. A felicidade o distraía de Xerazade e de seus milagres supérfluos; Dahlmann fechava o livro e simplesmente se entregava à vida.

O almoço (com o caldo servido em cumbucas de metal reluzente, como nos já remotos veraneios de sua infância) foi outro grato e tranquilo prazer.

"Amanhã acordarei na estância", pensava, e era como se a uma só vez fosse dois homens: o que avançava pelo dia outonal e pela geografia da pátria, e o outro, encarcerado numa clínica e sujeito a metódicas servidões. Viu casas de tijolo sem reboque, angulosas e compridas, olhando infinitamente os trens passarem; viu cavaleiros em caminhos de terra; viu ravinas e lagoas e rebanhos; viu longas nuvens luminosas que pareciam de mármore, e todas essas coisas eram casuais, como sonhos da planície. Também julgou reconhecer árvores e semeaduras que não teria podido nomear, porque seu conhecimento direto do campo era bastante inferior ao seu conhecimento nostálgico e literário.

Em algum momento adormeceu e em seus sonhos estava o ímpeto do trem. Já o branco sol intolerável do meio--dia era o sol amarelo que precede o anoitecer e não tardaria a ficar vermelho. Também o vagão estava diferente; não era aquele de Constitución, ao deixar a plataforma: a planície e as horas tinham-no atravessado e transfigurado. Fora, a móvel sombra do vagão alongava-se na direção do horizonte. Não perturbavam a terra elementar nem povoados nem outros sinais humanos. Tudo era vasto, mas ao mesmo tempo íntimo e, de alguma maneira, secreto. No campo desmesurado, às vezes não havia outra coisa a não ser um touro. A solidão era perfeita e talvez hostil, e Dahlmann chegou a suspeitar que viajava para o passado e não somente para o Sul. Dessa conjectura fantástica foi distraído pelo inspetor, que, ao ver sua passagem, advertiu-o de que o trem não o deixaria na estação de sempre, mas em outra, um pouco anterior e quase desconhecida de Dahlmann. (O homem acrescentou uma explicação que Dahlmann não procurou entender nem sequer ouvir, porque o mecanismo dos fatos não lhe importava.)

O trem com muito custo se deteve, quase no meio do campo. Do outro lado dos trilhos ficava a estação, que era pouco mais que a plataforma com uma cobertura. Não tinham veículo algum, mas o chefe sugeriu que ele talvez pudesse conseguir um num negócio que lhe indicou a umas dez, doze, quadras.

Dahlmann aceitou a caminhada como uma pequena aventura. Já havia desaparecido o sol, mas um derradeiro esplendor exaltava a viva e silenciosa planície, antes que a noite a apagasse. Menos para não se cansar que para fazer durar as coisas, Dahlmann caminhava devagar, aspirando com grave felicidade o odor do trevo.

O armazém, algum dia, fora vermelho vivo, mas os anos tinham mitigado para seu bem essa cor violenta. Alguma coisa de sua pobre arquitetura lembrou-lhe uma gravura em aço, talvez de uma velha edição de *Paulo e Virgínia*. Amarrados ao palanque, havia alguns cavalos. Dahlmann, dentro, julgou reconhecer o dono; logo compreendeu que a semelhança dele com um dos empregados da clínica o enganara. O homem, após ouvir o caso, disse que mandaria atrelar a charrete para ele; a fim de somar outro fato àquele dia e para passar o tempo, Dahlmann resolveu comer no armazém.

Numa mesa comiam e bebiam ruidosamente alguns rapazotes, nos quais Dahlmann, a princípio, não se fixou. No chão, apoiado no balcão do bar, estava agachado, imóvel como uma coisa, um homem muito velho. Os numerosos anos tinham-no reduzido e polido como as águas fazem com uma pedra ou as gerações humanas com uma sentença. Era escuro, pequeno e seco demais, e estava como que fora do tempo, numa eternidade. Dahlmann registrou com satisfação a faixa da testa, o poncho de baeta, o longo chiripá e a bota de potro, e disse a si mesmo, rememorando discussões inúteis com gente dos distritos do Norte ou com entrerrianos, que gaúchos* desses já não havia senão no Sul.

Dahlmann acomodou-se perto da janela. A escuridão foi ficando do lado do campo, mas o cheiro e os rumores de lá ainda chegavam até ele em meio às barras de ferro. O dono trouxe-lhe sardinhas e depois carne assada; Dahlmann as empurrou com copos de vinho tinto. Sem o que fazer, provava o áspero sabor e deixava o olhar, já um pouco sonolento, vagar pelo local. O lampião de querosene pendia de uma das vigas; os fregueses da outra mesa eram três: dois pareciam peões de fazenda; o outro, com rudes feições de índio, bebia com o chapelão na cabeça. Dahlmann, de repente, sentiu um leve roçar no rosto. Junto do copo ordinário de vidro turvo, sobre uma das listras da toalha, havia uma bolinha de miolo de pão. Era isso, mas alguém a tinha atirado.

Os da outra mesa pareciam alheios a ele. Dahlmann, perplexo, decidiu que nada tinha ocorrido e abriu o volu-

---

* Embora em alguns contextos possa ser designado pela palavra *gaúcho*, o *gaucho* é um tipo social e histórico que teve importante papel nas lutas internas da independência, nos conflitos políticos e na vida agropastoril da Argentina, durante o século XIX e começo do século XX.

me d'*As mil e uma noites*, como que para tapar a realidade. Em poucos minutos outra bolinha o atingiu, e desta vez os peões riram. Dahlmann disse a si mesmo que não estava assustado, mas que seria um disparate se ele, um convalescente, se deixasse arrastar por desconhecidos a uma briga confusa. Resolveu sair; já estava de pé quando o dono se aproximou dele e o exortou com voz alarmada:

— Senhor Dahlmann, não se importe com esses moços, estão meio alegres.

Dahlmann não se surpreendeu de que o outro, agora, o conhecesse, mas sentiu que aquelas palavras conciliadoras agravavam, de fato, a situação. Antes, a provocação dos peões era para um rosto acidental, quase para ninguém; agora ia contra ele e contra seu nome e os fregueses sabiam. Dahlmann pôs de lado o dono e encarou os peões, perguntando o que andavam procurando. O *compadrito** de cara de índio parou, cambaleando. A um passo de Juan Dahlmann, xingou-o aos gritos, como se estivesse muito longe. Brincava, exagerando sua bebedeira, e aquele exagero era uma ferocidade e uma zombaria. Em meio a palavrões e obscenidades, atirou para o ar uma faca comprida, seguindo-a com os olhos, aparou-a e chamou Dahlmann para brigar. O dono objetou com voz trêmula que Dahlmann estava desarmado. A essa altura, algo imprevisível ocorreu.

Do seu canto, o velho *gaucho* extático, em quem Dahlmann viu um símbolo do Sul (do Sul que era o seu), ati-

---

* O *compadrito* foi, como escreveu Borges, "o plebeu das cidades e do indefinido arrabalde, assim como o *gaucho* o foi da planície e das coxilhas". J. L. Borges e Silvina Bullrich, *El compadrito* (Buenos Aires: Compañía General Fabril Editora, 1968), p. 11.

rou-lhe uma adaga, de lâmina nua, que veio cair a seus pés. Era como se o Sul tivesse resolvido que Dahlmann devia aceitar o duelo. Dahlmann inclinou-se para recolher a adaga e sentiu duas coisas. A primeira, que esse ato quase instintivo o comprometia a lutar. A segunda, que a arma, em sua mão inábil, não serviria para defendê-lo, mas para justificar que o matassem. Certa vez tinha brincado com um punhal, como todos os homens, mas seu saber não passava de uma noção de que os golpes devem ser dados de baixo para cima e com o fio para dentro. "Não teriam permitido, na clínica, que coisas assim me acontecessem", pensou.

— Vamos saindo — disse o outro.

Saíram, e, se em Dahlmann não havia esperança, também não havia temor. Sentiu, ao atravessar o umbral, que morrer numa luta de faca, a céu aberto e atacando, teria sido uma libertação para ele, uma felicidade e uma festa, na primeira noite da clínica, quando lhe cravaram a agulha. Sentiu que, se ele, então, tivesse podido escolher ou sonhar sua morte, esta seria a morte que teria escolhido ou sonhado.

Dahlmann empunha com firmeza a faca, que talvez não saiba manejar, e sai para a planície.

jorge Francisco Isidoro luis borges Acevedo nasceu em Buenos Aires, em 24 de agosto de 1899, e faleceu em Genebra, em 14 de junho de 1986. Antes de falar espanhol, aprendeu com a avó paterna a língua inglesa, idioma em que fez suas primeiras leituras. Em 1914 foi com a família para a Suíça, onde completou os estudos secundários. Em 1919, nova mudança — agora para a Espanha. Lá, ligou-se ao movimento de vanguarda literária do ultraísmo. De volta à Argentina, publicou três livros de poesia na década de 1920 e, a partir da década seguinte, os contos que lhe dariam fama universal, quase sempre na revista *Sur*, que também editaria seus livros de ficção. Funcionário da Biblioteca Municipal Miguel Cané a partir de 1937, dela foi afastado em 1946 por Perón. Em 1955 seria nomeado diretor da Biblioteca Nacional. Em 1956, quando passou a lecionar literatura inglesa e americana na Universidade de Buenos Aires, os oftalmologistas já o tinham proibido de ler e escrever. Era a cegueira, que se instalava como um lento crepúsculo. Seu imenso reconhecimento internacional começou em 1961, quando recebeu, junto com Samuel Beckett, o prêmio Formentor dos International Publishers — o primeiro de uma longa série.